副刊文丛 主编 李辉 王刘纯

阿Q正传

鲁迅 著

虞金星 编

中原出版传媒集团
中原传媒股份公司
大象出版社
·郑州·

图书在版编目(CIP)数据

阿Q正传 / 鲁迅著; 虞金星编.— 郑州 : 大象出版社, 2018. 3
(副刊文丛 / 李辉, 王刘纯主编)
ISBN 978-7-5347-9534-3

Ⅰ. ①阿… Ⅱ. ①鲁… ②虞… Ⅲ. ①鲁迅小说—小说集 Ⅳ. ①I210. 6

中国版本图书馆 CIP 数据核字(2017)第 268534 号

阿Q正传

A Q ZHENGZHUAN

鲁 迅 著　　虞金星 编

出 版 人　王刘纯
项目统筹　李光洁　成　艳
责任编辑　成　艳
责任校对　安德华
封面设计　段　旭
内文设计　杜晓燕

出版发行　大象出版社(郑州市开元路 16 号　邮政编码 450044)
发行科　0371-63863551　总编室　0371-65597936
网　　址　www.daxiang.cn
印　　刷　北京汇林印务有限公司
经　　销　各地新华书店经销
开　　本　787mm×1092mm　1/32
印　　张　5.875
版　　次　2018 年 3 月第 1 版　2018 年 3 月第 1 次印刷
定　　价　28.00 元
若发现印、装质量问题,影响阅读,请与承印厂联系调换。
印厂地址　北京市大兴区黄村镇南六环磁各庄立交桥南 200 米(中轴路东侧)
邮政编码　102600　　电话　010-61264834

"副刊文丛"总序

李　辉

设想编一套"副刊文丛"的念头由来已久。

中文报纸副刊历史可谓悠久，迄今已有百年。副刊为中文报纸的一大特色。自近代中国报纸诞生之后，几乎所有报纸都有不同类型、不同风格的副刊。在出版业尚不发达之际，精彩纷呈的副刊版面，几乎成为作者与读者之间最为便利的交流平台。百年间，副刊上发表过多少重要作品，培养过多少作家，若要认真统计，颇为不易。

“五四新文学”兴起，报纸副刊一时间成为重要作家与重要作品率先亮相的舞台，从鲁迅的小说《阿Q正传》、郭沫若的诗歌《女神》，到巴金的小说《家》等均是在北京、上海的报纸副刊上发表，从而产生广泛影响的。随着各类出版社雨后春笋般出现，杂志、书籍与报纸副刊渐次形成三足鼎立的局面，但是，不同区域或大小城市，都有不同类型的报纸副刊，因而形成不同层面的读者群，在与读者建立直接和广泛的联系方面，多年来报纸副刊一直占据优势。近些年，随着电视、网络等新兴媒体的崛起，报纸副刊的优势以及影响力开始减弱，长期以来副刊作为阵地培养作家的方式，也随之隐退，风光不再。

尽管如此，就报纸而言，副刊依旧具有稳定性，所刊文章更注重深度而非时效性。在新闻爆炸性滚动播出的当下，报纸的所谓新闻效应早已滞后，无法与昔日同日而语。在我看来，唯有副刊之类的版面，侧重于独家深度文章，侧重于作者不同角度的发现，才能与其他媒体相抗衡。或者说，只有副刊版面发表的不太注重新闻时效的文章，才足以让读者静下心，选择合适时间品茗细读，与之达到心领神会的交融。这或许才是一份报纸在新闻之外能够带给读者的最佳阅读体验。

1982 年自复旦大学毕业，我进入报社，先是编辑《北京晚报》副刊《五色土》，后是编辑《人民日报》副刊《大地》，长达三十四年的光阴，几乎都是在编辑副刊。除了编辑副刊，我还在《中国青年报》《新民晚报》《南方周末》等的副刊上，开设了多年个人专栏。副刊与我，可谓不离不弃。编辑副刊三十余年，有幸与不少前辈文人交往，而他们中间的不少人，都曾编辑过副刊，如夏衍、沈从文、萧乾、刘北汜、吴祖光、郁风、柯灵、黄裳、袁鹰、姜德明等。在不同时期的这些前辈编辑那里，我感受着百年之间中国报纸副刊的斑斓景象与编辑情怀。

行将退休，编辑一套“副刊文丛”的想法愈加强烈。尽管面临新媒体的挑战，不少报纸副刊如今仍以其稳定性、原创性、丰富性等特点，坚守着文化品位和文化传承。一大批副刊编辑，不急不躁，沉着坚韧，以各自的才华和眼光，既编辑好不同精品专栏，又笔耕不辍，佳作迭出。鉴于此，我觉得有必要将中国各地报纸副刊的作品，以不同编辑方式予以整合，集中呈现，使纸媒副刊作品，在与新媒体的博弈中，以出版物的形式，留存历史，留存文化，便于日后人们借这套丛书领略中文报纸副刊（包括海外）曾经拥有过的丰富景象。

“副刊文丛”设想以两种类型出版，每年大约出版二十种。

第一类：精品栏目荟萃。约请各地中文报纸副刊，挑选精品专栏若干编选，涵盖文化、人物、历史、美术、收藏等领域。

第二类：个人作品精选。副刊编辑、在副刊开设个人专栏的作者，人才济济，各有专长，可从中挑选若干，编辑个人作品集。

初步计划先从20世纪80年代开始编选，然后，再往前延伸，直到“五四新文学”时期。如能坚持多年，相信能大致呈现中国报纸副刊的重要成果。

将这一想法与大象出版社社长王刘纯兄沟通，得到王兄的大力支持。如此大规模的一套“副刊文丛”，只有得到大象出版社各位同人的鼎力相助，构想才有一个落地的坚实平台。与大象出版社合作二十年，友情笃深，感谢历届社长和编辑们对我的支持，一直感觉自己仿佛早已是他们中间的一员。

在开始编选“副刊文丛”过程中，得到不少前辈与友人的支持。感谢王刘纯兄应允与我一起担任丛书主编，感谢袁鹰、姜德明两位副刊前辈同意出任“副刊文丛”的顾问，感谢姜德明先生为我编选的《副刊面面观》一书写序……

特别感谢所有来自海内外参与这套丛书的作者与朋友，没有你们的大力支持，构想不可能落地。

期待“副刊文丛”能够得到副刊编辑和读者的认可。期待更多朋友参与其中。期待“副刊文丛”能够坚持下去，真正成为一套文化积累的丛书，延续中文报纸副刊的历史脉络。

我们一起共同努力吧！

2016年7月10日，写于北京酷热中

目　录

阿 Q 正传

鲁迅谈《阿Q正传》

毕飞宇解读《阿Q正传》

阿Q正传

第一章　这一章算是序

我要给阿Q做正传，已经不止一两年了。但一面要做，一面又往回想，这足见我不是一个“立言”的人，因为从来不朽之笔，须传不朽之人，于是人以文传，文以人传——究竟谁靠谁传，渐渐的不甚了然起来，而终于归结到传阿Q，仿佛思想里有鬼似的。

然而要做这一篇速朽的文章，才下笔，便感到万分的困难了。第一是文章的名目。孔子曰：“名不正则言不顺。”这原是应该极注意的。传的名目很繁多：列传，自传，内传，外传，别传，家传，小传……而可惜都不合。“列传”么，这一篇并非和许多阔人排在“正史”里；“自传”么，我又并非就是阿Q。说是“外传”，“内传”在哪里呢？倘用“内传”，阿Q又绝不是神仙。“别传”呢，阿Q实在未曾有大总统上谕宣付国史馆立“本

星期日　中華民國十年十二月四日　晨報附刊　即夏曆辛酉年十一月初六日　第一版

晨報副鐫

一九二一年十二月四日

星期講壇

人生的價值

松年

人類最初只知道有水旱的天災應該躲避，有猛獸的禍害應該驅除，在困苦艱難中保全身體，在困苦艱難中找尋食物，在困苦艱難中傳播子孫，一生的事業就完了。至於他們在這樣困苦艱難中掙扎究竟何來，便誰也說不出這個答案。這就是說，他們那時候還沒有認識人生的價值。不過在不認識之中，他們也不知不覺的承認生活的重要，所以倘果有人妨害他們的生命，他們寧願犧牲生命和他抵抗。

知識一天一天的進步了，文明的制度一天一天的生出來了。他們不認識人生的價值，文明的制度便替他們。制度告訴他們說：人類的一生爲的是上帝；兒女的一生爲的是父母；臣的一生爲的是君；妻的一生爲的是夫。大衆信奉他們，以爲人生的價值就在於此，便安安閒閒做他的上帝的奴隸，父母的兒女，君的臣，夫的妻，還做夢也沒有想到自己是個人。他們自己以爲人生的價值已經認清楚了，此外沒有別的了。這就是說，在這個時期，人們雖然自己以爲認識了人生的價值，但用客觀的眼光看來，他們所的認識，是完全錯誤的。

知識更進步了，人們起了懷疑，說：「爲什麼我們只是上帝的奴隸，父母的兒女，君的臣，夫的妻，而不是我們自己的我們了？」這一問而從前數千年來的所謂制度沒有一件不動搖了。因爲懷疑於人是上帝的奴隸，君的臣，結果便起了宗教革命與政治革命，因爲懷疑於人是父母的兒女，夫的妻，結果便起了家庭革命。這就是說，在這個時期，人們真的認識了自己的價值，要從別人手裏中掙扎出自己的自由身體來。不過這是一件極麻煩的事，雖然懷疑思想容易普遍，但是舊制度的守護者，因爲自身利益的關係，絕對不肯放一點鬆，由青年們掙扎，所以結果是極悲慘的流血的收場。

舊制度的守護者一天少似一天，而青年的生產卻是沒有限量，所以一代一代的下去，剝蕉抽繭一般，漸漸的去掉歷來的汚泥和瓦塔，而趨向於自由的國土。這時候人生的價值不必待掙扎而後得，人類社會早已有了認識人生價值的習慣，既沒有天災人禍妨害他，也沒有制度禮法把他束縛了。

我以爲人類認識人生的價值，可以分爲上述的四個時期。第一個時期是不認識人生的價值而人們自然儘爲人生掙扎；第二個時期是自己以爲認識了人生的價值卻一面使做制度的犧牲；第三個時期是人生的價值漸漸的真認識了而拚命的在別人手中掙扎出來；第四個時期是不必掙扎而儘有意識的認識人生的真價值。

現在的全世界，多半是在第三個時期，小半還在第二個時期；現在的中國，多半在第二個時期，小半還在第一個時期，極微極微的一部分在第三個時期。這是我的武斷的見解。我自己也知道我的見解往往失之武斷，要求這些問題，還當讓在人類學，社會學，倫理學等等科學上大用功夫；自己還沒有明白底細，卻要老著面皮講給別人聽，這還不是最無意識的事嗎？但是，近來說話的人太少，有一兩個人大著膽子，不管說得對不對，儘量的說去，一面卻用虛心的態度，容受人家的批評，以期知識日漸增加，態度日漸公正，這也未必不是有意識的。

開心話

阿Q正傳

巴人

第一章　這一章算是序

我要給阿Q做正傳，已經不止一兩年了。但一面要做，一面又往回想，這足見我不是一個「立言」的人，因爲從來不朽之筆，須傳不朽之人，於是人以文傳，文以人傳——究竟誰靠誰傳，漸漸的不甚了然起來，而終於歸結到傳阿Q，彷彿思想裏有鬼似的。

然而要做這一篇速朽的文章，纔下筆，便感到萬分的困難了。第一是文章的名目。孔子曰，「名不正則言不順」。這原是應該極注意的。傳的名目很繁多：列傳，自傳，內傳，外傳，別傳，家傳，小傳，……而可惜都不合。列傳麼，這一篇並非和許多闊人排在正史裏；自傳麼，我又並非就是阿Q。說是外傳，內傳在那裏呢？倘用內傳，阿Q又決不是神仙。別傳呢，阿Q實在未曾有大總統上諭宣付國史館立本傳——雖說英國正史上並無博徒列傳，而文豪迭更司也做過「博徒別傳」這一部書，但文豪則可，在我輩卻不可的。其次是家傳，則我既不知與阿Q是否同宗，也未曾受他子孫的拜託；或小傳，則阿Q又更無別的大傳了。總而言之，這一篇也便是「本傳」，但從我的文章着想，因爲文體卑下，是「引車賣漿者流」所用的話，所以不敢僭稱，便從不入三教九流的小說家所謂「閑話休題言歸正傳」這一句套話裏，取出「正傳」兩個字來，作爲名目，即使與古人所撰「書法正傳」的「正傳」字面上很相混，也顧不得了。

第二，立傳的通例，開首大抵該是「某，字某，某地人也」，而我並不知道阿Q姓什麼。有一回，他似乎是姓趙，但第二日便模糊了。那是趙太爺的兒子進了秀才的時候，鑼聲鏜鏜的報到村裏來，阿Q正喝了兩碗黃酒，便手舞足蹈的說，這於他也很光采，因爲他和趙太爺原來是本家，細細的排起來他還比秀才長三輩呢。其時幾個旁聽人倒也肅然的有些起敬了。那知道第二天，地保便叫阿Q到趙太爺家裏去；太爺一見，滿臉濺朱，喝道：

「阿Q，你這渾小子！你說我是你的本家麼？」

阿Q不開口。

趙太爺愈看愈生氣了，搶進幾步說：「你敢胡說！我怎麼會有你這樣的本家？你姓趙麼？」

阿Q不開口，想往後退了；趙太爺跳過去，給了他一個嘴巴。

「你怎麼會姓趙！——你那裏配姓趙！」

阿Q並沒有抗辯他確鑿姓趙，只用手摸着左頰，和地保退出去了；外面又被地保訓斥了一番，謝了地保二百文酒錢。知道的人都說阿Q太荒唐，自己去招打；他大約未必姓趙，即使真姓趙，有趙太爺在這裏，也不該如此胡說的。此後便再沒有人提起他的氏族來，所以我終於不知道阿Q究竟什麼姓。

第三，我又不知道阿Q的名字是怎麼寫的。他活着的時候，人都叫他阿Quei，死了以後，便沒有一個人再叫阿Quei了，那裏還會有「著之竹帛」的事。若論「著之竹帛」，這篇文章要算第一次，所以先遇着了這第一個難關。我曾經仔細想：阿Quei，阿桂還是阿貴呢？倘使他號叫「月亭」，或

《阿Q正传》第一章，发表于《晨报副镌》1921年12月4日

传”——虽说英国正史上并无“博徒列传”，而文豪迭更司也做过《博徒别传》这一部书，但文豪则可，在我辈却不可的。其次是“家传”，则我既不知与阿Q是否同宗，也未曾受他子孙的拜托；或“小传”，则阿Q又更无别的“大传”了。总而言之，这一篇也便是“本传”，但从我的文章着想，因为文体卑下，是“引车卖浆者流”所用的话，所以不敢僭称，便从不入三教九流的小说家所谓“闲话休题言归正传”这一句套话里，取出“正传”两个字来，作为名目，即使与古人所撰《书法正传》的“正传”字面上很相混，也顾不得了。

第二，立传的通例，开首大抵该是“某，字某，某地人也”，而我并不知道阿Q姓什么。有一回，他似乎是姓赵，但第二日便模糊了。那是赵太爷的儿子进了秀才的时候，锣声镗镗的报到村里来，阿Q正喝了两碗黄酒，便手舞足蹈的说，这于他也很光彩，因为他和赵太爷原来是本家，细细的排起来他还比秀才长三辈呢。其时几个旁听人倒也肃然的有些起敬了。哪知道第二天，地保便叫阿Q到赵太爷家里去，太爷一见，满脸溅朱，喝道：

“阿Q，你这浑小子！你说我是你的本家吗？”

阿Q不开口。

赵太爷愈看愈生气了，抢进几步说：“你敢胡说！我怎么会有你这样的本家？你姓赵吗？”

阿Q不开口，想往后退了；赵太爷跳过去，给了他一个嘴巴。

“你怎么会姓赵！——你哪里配姓赵！”

阿Q并没有抗辩他确凿姓赵，只用手摸着左颊，和地保退出去了；外面又被地保训斥了一番，谢了地保二百文酒钱。知道的人都说阿Q太荒唐，自己去招打；他大约未必姓赵，即使真姓赵，有赵太爷在这里，也不该如此胡说的。此后便再没有人提起他的氏族来，所以我终于不知道阿Q究竟什么姓。

第三，我又不知道阿Q的名字是怎么写的。他活着的时候，人都叫他阿Quei，死了以后，便没有一个人再叫阿Quei了，哪里还会有“著之竹帛”的事。若论“著之竹帛”，这篇文章要算第一次，所以先遇着了这第一个难关。我曾经仔细想：阿Quei，阿桂还是

丁聪插图（一）

阿贵呢？倘使他号叫月亭，或者在八月间做过生日，那一定是阿桂了；而他既没有号——也许有号，只是没有人知道他——又未尝散过生日征文的帖子：写作阿桂，是武断的。又倘使他有一位老兄或令弟叫阿富，那一定是阿贵了；而他又只是一个人：写作阿贵，也没有佐证的。其余音Quei的偏僻字样，更加凑不上了。先前，我也曾问过赵太爷的儿子茂才先生，谁料博雅如此公，竟也茫然，但据结论说，是因为陈独秀办了《新青年》提倡洋字，所以国粹沦亡，无可查考了。我的最后的手段，只有托一个同乡去查阿Q犯事的案卷，八个月之后才有回信，说案卷里并无与阿Quei的声音相近的人。我虽不知道是真没有，还是没有查，然而也再没有别的方法了。生怕注音字母还未通行，只好用了“洋字”，照英国流行的拼法写他为阿Quei，略作阿Q。这近于盲从《新青年》，自己也很抱歉，但茂才公尚且不知，我还有什么好办法呢。

第四，是阿Q的籍贯了。倘他姓赵，则据现在好称郡望的老例，可以照《郡名百家姓》上的注解，说是“陇西天水人也”，但可惜这姓是不甚可靠的，因此籍贯也就有些决不定。他虽然多住未庄，然而也常常宿在别处，不能说是未庄人，即使说是“未庄人也”，也仍然有乖史法的。

我所聊以自慰的，是还有一个“阿”字非常正确，绝无附会假借的缺点，颇可以就正于通人。至于其余，却都非浅学所能穿凿，只希望有“历史癖与考据癖”的胡适之先生的门人们，将来或者能够寻出许多新端绪来，但是我这《阿Q正传》到那时却又怕早经消灭了。

以上可以算是序。

第二章　优胜记略

阿Q不独是姓名籍贯有些渺茫，连他先前的“行状”也渺茫。因为未庄的人们之于阿Q，只要他帮忙，只拿他玩笑，从来没有留心他的“行状”的。而阿Q自己也不说，独有和别人口角的时候，间或瞪着眼睛道：

“我们先前——比你阔得多啦！你算是什么东西！”

阿Q没有家，住在未庄的土谷祠里；也没有固定的职业，只给人家做短工，割麦便割麦，舂米便舂米，撑船便撑船。工作略长久时，他也或住在临时主人的家里，但一完就走了。所以，人们忙碌的时候，也还记起阿Q来，然而记起的是做工，并不是“行状”；一闲空，连阿Q都早忘却，更不必说“行状”了。只是有一回，有一个老头子颂扬说：“阿Q真能做！”

丁聪插图（二）

这时阿Q赤着膊，懒洋洋的瘦伶仃的正在他面前，别人也摸不着这话是真心还是讥笑，然而阿Q很喜欢。

阿Q又很自尊，所有未庄的居民，全不在他眼睛里，甚而至于对于两位“文童”也有以为不值一笑的神情。夫文童者，将来恐怕要变秀才者也；赵太爷钱太爷大受居民的尊敬，除有钱外，就因为都是文童的爹爹，而阿Q在精神上独不表格外的崇奉，他想：我的儿子会阔得多啦！加以进了几回城，阿Q自然更自负，然而他又很鄙薄城里人，譬如用三尺长三寸宽的木板做成的凳子，未庄叫“长凳”，他也叫“长凳”，城里人却叫“条凳”，他想：这是错的，可笑！油煎大头鱼，未庄都加上半寸长的葱叶，城里却加上切细的葱丝，他想：这也是错的，可笑！然而未庄人真是不见世面的可笑的乡下人呵，他们没有见过城里的煎鱼！

阿Q“先前阔”，见识高，而且“真能做”，本来几乎是一个“完人”了，但可惜他体质上还有一些缺点。最恼人的是在他头皮上，颇有几处不知起于何时的癞疮疤。这虽然也在他身上，而看阿Q的意思，倒也似乎以为不足贵的，因为他讳说“癞”以及一切近于“赖”的音，后来推而广之，“光”也讳，“亮”也讳，再后来，连“灯”“烛”都讳了。一犯讳，不问有心与无心，阿Q便全疤通红的发起怒来，估量了对手，口讷的他便骂，气力小的他便打；然而不知怎么一回事，总还是阿Q吃亏的时候多。于是他渐渐的变换了方针，大抵改为怒目而视了。

谁知道阿Q采用怒目主义之后，未庄的闲人们便愈喜欢玩笑他。一见面，他们便假作吃惊的说：

“哙，亮起来了。”

阿Q照例的发了怒，他怒目而视了。

“原来有保险灯在这里！”他们并不怕。

阿Q没有法，只得另外想出报复的话来：

“你还不配……”这时候，又仿佛在他头上的是一种高尚的光荣的癞头疮，并非平常的癞头疮了；但上文说过，阿Q是有见识的，他立刻知道和“犯忌”有点抵触，便不再往底下说。

闲人还不完，只撩他，于是终而至于打。阿Q在

丁聪插图（三）

形式上打败了，被人揪住黄辫子，在壁上碰了四五个响头，闲人这才心满意足的得胜的走了，阿Q站了一刻，心里想："我总算被儿子打了，现在的世界真不像样……"于是也心满意足的得胜的走了。

阿Q想在心里的，后来每每说出口来，所以凡有和阿Q玩笑的人们，几乎全知道他有这一种精神上的胜利法，此后每逢揪住他黄辫子的时候，人就先一着对他说：

"阿Q，这不是儿子打老子，是人打畜生。自己说：人打畜生！"

阿Q两只手都捏住了自己的辫根，歪着头，说道：

"打虫豸，好不好？我是虫豸——还不放吗？"

但虽然是虫豸，闲人也并不放，仍旧在就近什么地方给他碰了五六个响头，这才心满意足的得胜的走了，他以为阿Q这回可遭了瘟。然而不到十秒钟，阿Q也心满意足的得胜的走了，他觉得他是第一个能够自轻自贱的人，除"自轻自贱"不算外，余下的就是"第一个"。状元不也是"第一个"吗？"你算是什么东西"呢？！

阿Q以如是等等妙法克服怨敌之后，便愉快的跑到酒店里喝几碗酒，又和别人调笑一通，口角一通，又得了胜，愉快的回到土谷祠，放倒头睡着了。假使有钱，他便去押牌宝，一堆人蹲在地面上，阿Q即汗流满面的夹在这中间，声音他最响：

“青龙四百！”

“咳~~开~~啦！”庄家揭开盒子盖，也是汗流满面的唱。“天门啦~~角回啦~~！人和穿堂空在那里啦~~！阿Q的铜钱拿过来~~！”

“穿堂一百——一百五十！”

阿Q的钱便在这样的歌吟之下，渐渐的输入别个汗流满面的人物的腰间。他终于只好挤出堆外，站在后面看，替别人着急，一直到散场，然后恋恋的回到土谷祠，第二天，肿着眼睛去工作。

但真所谓“塞翁失马安知非福”吧，阿Q不幸而赢了一回，他倒几乎失败了。

这是未庄赛神的晚上。这晚上照例有一台戏，戏台左近，也照例有许多的赌摊。做戏的锣鼓，在阿Q耳朵里仿佛在十里之外；他只听得庄家的歌唱了。他赢而又赢，铜钱变成角洋，角洋变成大洋，大洋又成了叠。他兴高采烈得非常：

“天门两块！”

他不知道谁和谁为什么打起架来了。骂声打声脚步声，昏头昏脑的一大阵，他才爬起来，赌摊不见了，人们也不见了，身上有几处很似乎有些痛，似乎也挨了几拳几脚似的，几个人诧异的对他看。他如有所失的走进土谷祠，定一定神，知道他的一堆洋钱不见了。赶赛会的赌摊多不是本村人，还到哪里去寻根柢呢？

很白很亮的一堆洋钱！而且是他的——现在不见了！说是算被儿子拿去了吧，总还是忽忽不乐；说自己是虫豸吧，也还是忽忽不乐：他这回才有些感到失败的苦痛了。

但他立刻转败为胜了。他擎起右手，用力的在自己脸上连打了两个嘴巴，热辣辣的有些痛；打完之后，便心平气和起来，似乎打的是自己，被打的是别一个自己，不久也就仿佛是自己打了别个一般——虽然还有些热辣辣——心满意足的得胜的躺下了。

他睡着了。

第三章　续优胜记略

然而阿Q虽然常优胜，却直待蒙赵太爷打他嘴巴之后，这才出了名。

他付过地保二百文酒钱，愤愤的躺下了，后来想："现在的世界太不成话，儿子打老子……"于是忽而想到赵太爷的威风，而现在是他的儿子了，便自已也渐渐的得意起来，爬起身，唱着《小孤孀上坟》到酒店去。这时候，他又觉得赵太爷高人一等了。

说也奇怪，从此之后，果然大家也仿佛格外尊敬他。这在阿Q，或者以为因为他是赵太爷的父亲，而其实也不然。未庄通例，倘如阿七打阿八，或者李四打张三，向来本不算一件事，必须与一位名人如赵太爷者相关，这才载上他们的口碑。一上口碑，则打的既有名，被打的也就托庇有了名。至于错在阿Q，那自然是不必说。所以者何？就因为赵太爷是不会错的。但他既然错，为什么大家又仿佛格外尊敬他呢？这可难解，穿凿起来说，或者因为阿Q说是赵太爷的本家，虽然挨了打，大家也还怕有些真，总不如尊敬一些稳当。否则，也如孔庙里的太牢一般，虽然与猪羊一样，同是畜生，但既经圣人下箸，先儒们便不敢妄动了。

阿Q此后倒得意了许多年。

有一年的春天，他醉醺醺的在街上走，在墙根的日光下，看见王胡在那里赤着膊捉虱子，他忽然觉得身上也痒起来了。这王胡，又癞又胡，别人都叫他王癞胡，阿Q却删去了一个癞字，然而非常藐视他。阿Q的意思，以为癞是不足为奇的，只有这一部络腮胡子，实在太新奇，令人看不上眼。他于是并排坐下去了。倘是别的闲人们，阿Q本不敢大意坐下去。但这王胡旁边，他有什么怕呢？老实说：他肯坐下去，简直还是抬举他。

阿Q也脱下破夹袄来，翻检了一回，不知道因为新洗呢还是因为粗心，许多工夫，只捉到三四个。他看那王胡，却是一个又一个，两个又三个，只放在嘴

丁聪插图（四）

里毕毕剥剥的响。

阿Q最初是失望，后来却不平了：看不上眼的王胡尚且那么多，自己倒反这样少，这是怎样的大失体统的事呵！他很想寻一两个大的，然而竟没有，好容易才捉到一个中的，恨恨的塞在厚嘴唇里，狠命一咬，劈的一声，又不及王胡响。

他癞疮疤块块通红了，将衣服摔在地上，吐一口唾沫，说：

"这毛虫！"

"癞皮狗，你骂谁？"王胡轻蔑的抬起眼来说。

阿Q近来虽然比较的受人尊敬，自己也更高傲些，但和那些打惯的闲人见面还胆怯，独有这回却非常武勇了。这样满脸胡子的东西，也敢出言无状吗？

"谁认便骂谁！"他站起来，两手叉在腰间说。

"你的骨头痒了吗？"王胡也站起来，披上衣服说。

阿Q以为他要逃了，抢进去就是一拳。这拳头还未达到身上，已经被他抓住了，只一拉，阿Q跄跄踉踉的跌进去，立刻又被王胡扭住了辫子，要拉到墙上照例去碰头。

"'君子动口不动手'！"阿Q歪着头说。

王胡似乎不是君子，并不理会，一连给他碰了五下，又用力的一推，至于阿Q跌出六尺多远，这才满足的去了。

在阿Q的记忆上，这大约要算是生平第一件的屈辱，因为王胡以络腮胡子的缺点，向来只被他奚落，从没有奚落他，更不必说动手了。而他现在竟动手，很意外，难道真如市上所说，皇帝已经停了考，不要秀才和举人了，因此赵家减了威风，因此他们也便小觑了他吗？

阿Q无可适从的站着。

远远的走来了一个人，他的对头又到了。这也是阿Q最厌恶的一个人，就是钱太爷的大儿子。他先前跑上城里去进洋学堂，不知怎么又跑到东洋去了，半年之后他回到家里来，腿也直了，辫子也不见了，他的母亲大哭了十几场，他的老婆跳了三回井。后来，他的母亲到处说："这辫子是被坏人灌醉了酒剪去的。本来可以做大官，现在只好等留长再说了。"然而阿Q不肯信，偏称他"假洋鬼子"，也叫作"里通外国的人"，一见他，一定在肚子里暗暗的咒骂。

阿Q尤其"深恶而痛绝之"的，是他的一条假辫子。

辫子而至于假，就是没有了做人的资格；他的老婆不跳第四回井，也不是好女人。

这“假洋鬼子”近来了。

“秃儿。驴……”阿Q历来本只在肚子里骂，没有出过声，这回因为正气愤，因为要报仇，便不由得轻轻的说出来了。

不料这秃儿却拿着一支黄漆的棍子——就是阿Q所谓的哭丧棒——大踏步走了过来。阿Q在这刹那，便知道大约要打了，赶紧抽紧筋骨，耸了肩膀等候着，果然，啪的一声，似乎确凿打在自己头上了。

“我说他！”阿Q指着近旁的一个孩子，分辩说。

啪！啪啪！

在阿Q的记忆上，这大约要算是生平第二件的屈辱。幸而啪啪的响了之后，于他倒似乎完结了一件事，反而觉得轻松些，而且“忘却”这一件祖传的宝贝也发生了效力，他慢慢的走，将到酒店门口，早已有些高兴了。

但对面走来了静修庵里的小尼姑。阿Q便在平时，看见伊也一定要唾骂，而况在屈辱之后呢？他于是发

丁聪插图（五）

生了回忆，又发生了敌忾了。

“我不知道我今天为什么这样晦气，原来就因为见了你！”他想。

他迎上去，大声的吐一口唾沫：

“咳，呸！”

小尼姑全不睬，低了头只是走。阿Q走近伊身旁，突然伸出手去摩着伊新剃的头皮，呆笑着，说：

“秃儿！快回去，和尚等着你……”

“你怎么动手动脚……”尼姑满脸通红的说，一面赶快走。

酒店里的人大笑了。阿Q看见自己的勋业得了赏识，便愈加兴高采烈起来：

“和尚动得，我动不得？”他扭住伊的面颊。

酒店里的人大笑了。阿Q更得意，而且为满足那些赏鉴家起见，再用力的一拧，才放手。

他这一战，早忘却了王胡，也忘却了假洋鬼子，似乎对于今天的一切“晦气”都报了仇；而且奇怪，又仿佛全身比啪啪的响了之后更轻松，飘飘然的似乎要飞去了。

“这断子绝孙的阿Q！”远远的听得小尼姑的带哭的声音。

“哈哈哈！”阿Q十分得意的笑。

“哈哈哈！”酒店里的人也九分得意的笑。

第四章　恋爱的悲剧

有人说：有些胜利者，愿意敌手如虎，如鹰，他才感得胜利的欢喜；假使如羊，如小鸡，他便反觉得胜利的无聊。又有些胜利者，当克服一切之后，看见死的死了，降的降了，“臣诚惶诚恐死罪死罪”，他于是没有了敌人，没有了对手，没有了朋友，只有自己在上，一个，孤零零，凄凉，寂寞，便反而感到了胜利的悲哀。然而我们的阿Q却没有这样乏，他是永远得意的：这或者也是中国精神文明冠于全球的一个证据了。

看哪，他飘飘然的似乎要飞去了！

然而这一次的胜利，却又使他有些异样。他飘飘然的飞了大半天，飘进土谷祠，照例应该躺下便打鼾。谁知道这一晚，他很不容易合眼，他觉得自己的大拇指和第二指有点古怪：仿佛比平常滑腻些。不知道是小尼姑的脸上有一点滑腻的东西粘在他指上，还是他的指头在小尼姑脸上磨得滑腻了……

“断子绝孙的阿Q！”

阿Q的耳朵里又听到这句话。他想：不错，应该有一个女人，断子绝孙便没有人供一碗饭……应该有一个女人。夫“不孝有三无后为大”，而“若敖之鬼馁而”，也是一件人生的大哀，所以他那思想，其实是样样合于圣经贤传的，只可惜后来有些“不能收其放心”了。

“女人，女人！……”他想。

“……和尚动得……女人，女人！……女人！”他又想。

我们不能知道这晚上阿Q在什么时候才打鼾。但大约他从此总觉得指头有些滑腻，所以他从此总有些飘飘然；“女……”他想。

即此一端，我们便可以知道女人是害人的东西。

中国的男人，本来大半都可以做圣贤，可惜全被女人毁掉了。商是妲己闹亡的；周是褒姒弄坏的；秦……虽然史无明文，我们也假定他因为女人，大约未必十分错；而董卓可是的确给貂蝉害死了。

阿Q本来也是正人，我们虽然不知道他曾蒙什么明师指授过，但他对于“男女之大防”却历来非常严；也很有排斥异端——如小尼姑及假洋鬼子之类——的正气。他的学说是：凡尼姑，一定与和尚私通；一个女人在外面走，一定想引诱野男人；一男一女在那里讲话，一定要有勾当了。为惩治他们起见，所以他往往怒目而视，或者大声说几句“诛心”话，或者在冷僻处，便从后面掷一块小石头。

谁知道他将到“而立”之年，竟被小尼姑害得飘飘然了。这飘飘然的精神，在礼教上是不应该有的，——所以女人真可恶，假使小尼姑的脸上不滑腻，阿Q便不至于被蛊，又假使小尼姑的脸上盖一层布，阿Q便也不至于被蛊了，——他五六年前，曾在戏台下的人丛中拧过一个女人的大腿，但因为隔一层裤，所以此后并不飘飘然，——而小尼姑并不然，这也足见异端之可恶。

“女……”阿Q想。

他对于以为“一定想引诱野男人”的女人，时常留心看，然而伊并不对他笑。他对于和他讲话的女人，也时常留心听，然而伊又并不提起关于什么勾当的话来。哦，这也是女人可恶之一节：伊们全都要装“假正经”的。

这一天，阿Q在赵太爷家里舂了一天米，吃过晚饭，便坐在厨房里吸旱烟。倘在别家，吃过晚饭本可以回去的了，但赵府上晚饭早，虽说定例不准掌灯，一吃完便睡觉，然而偶然也有一些例外：其一，是赵大爷未进秀才的时候，准其点灯读文章；其二，便是阿Q来做短工的时候，准其点灯舂米。因为这一条例外，所以阿Q在动手舂米之前，还坐在厨房里吸旱烟。

吴妈，是赵太爷家里唯一的女仆，洗完了碗碟，也就在长凳上坐下了，而且和阿Q谈闲天：

“太太两天没有吃饭哩，因为老爷要买一个小的……”

“女人……吴妈……这小孤孀……”阿Q想。

“我们的少奶奶是八月里要生孩子了……”

“女人……”阿Q想。

阿Q放下烟管，站了起来。

“我们的少奶奶……”吴妈还唠叨说。

“我和你困觉，我和你困觉！”阿Q忽然抢上去，对伊跪下了。

一刹时中很寂然。

“啊呀！”吴妈愣了一息，突然发抖，大叫着往外跑，且跑且嚷，似乎后来带哭了。

阿Q对了墙壁跪着也发愣，于是两手扶着空板凳，慢慢的站起来，仿佛觉得有些糟。他这时确也有些忐忑了，慌张的将烟管插在裤带上，就想去舂米。嘭的一声，头上着了很粗的一下，他急忙回转身去，那秀才便拿了一支大竹杠站在他面前。

“你反了，……你这……”

大竹杠又向他劈下来了。阿Q两手去抱头，啪的正打在指节上，这可很有一些痛。他冲出厨房门，仿佛背上又着了一下似的。

“忘八蛋！”秀才在后面用了官话这样骂。

阿Q奔入舂米场，一个人站着，还觉得指头痛，

丁聪插图（六）

还记得“忘八蛋”，因为这话是未庄的乡下人从来不用，专是见过官府的阔人用的，所以格外怕，而印象也格外深。但这时，他那“女……”的思想却也没有了。而且打骂之后，似乎一件事也已经收束，倒反觉得一无挂碍似的，便动手去舂米。舂了一会儿，他热起来了，又歇了手脱衣服。

脱下衣服的时候，他听得外面很热闹，阿Q生平本来最爱看热闹，便即寻声走出去了。寻声渐渐的寻到赵太爷的内院里，虽然在昏黄中，却辨得出许多人，赵府一家连两日不吃饭的太太也在内，还有间壁的邹七嫂，真正本家的赵白眼、赵司晨。

少奶奶正拖着吴妈走出下房来，一面说：

“你到外面来，……不要躲在自己房里想……”

“谁不知道你正经，……短见是万万寻不得的。”邹七嫂也从旁说。

吴妈只是哭，夹些话，却不甚听得分明。

阿Q想：“哼，有趣，这小孤孀不知道闹着什么玩意儿了。”他想打听，走近赵司晨的身边。这时他猛然间看见赵大爷向他奔来，而且手里捏着一支大竹杠。他看见这一支大竹杠，便猛然间悟到自己曾经被打，和这一场热闹似乎有点相关。他翻身便走，想逃回舂米场，不图这支竹杠阻了他的去路，于是他又翻身便走，自然而然的走出后门，不多工夫，已在土谷祠内了。

阿Q坐了一会儿，皮肤有些起粟，他觉得冷了，因为虽在春季，而夜间颇有余寒，尚不宜于赤膊。他也记得布衫留在赵家，但倘若去取，又深怕秀才的竹杠。然而地保进来了。

“阿Q，你的妈妈的！你连赵家的佣人都调戏起来，简直是造反。害得我晚上没有觉睡，你的妈妈的！……”

如是云云的教训了一通，阿Q自然没有话。临末，因为在晚上，应该送地保加倍酒钱四百文，阿Q正没有现钱，便用一顶毡帽做抵押，并且订定了五条件：

一、明天用红烛——要一斤重的——一对，香一封，到赵府上去赔罪。

二、赵府上请道士祓除缢鬼，费用由阿Q负担。

三、阿Q从此不准踏进赵府的门槛。

丁聪插图（七）

四、吴妈此后倘有不测，唯阿Q是问。

五、阿Q不准再去索取工钱和布衫。

阿Q自然都答应了，可惜没有钱。幸而已经春天，棉被可以无用，便质了二千大钱，履行条约。赤膊磕头之后，居然还剩几文，他也不再赎毡帽，统统喝了酒了。但赵家也并不烧香点烛，因为太太拜佛的时候可以用，留着了。那破布衫是大半做了少奶奶八月间生下来的孩子的衬尿布，那小半破烂的便都做了吴妈的鞋底。

第五章　生计问题

阿Q礼毕之后，仍旧回到土谷祠，太阳下去了，渐渐觉得世上有些古怪。他仔细一想，终于省悟过来：其原因盖在自己的赤膊。他记得破夹袄还在，便披在身上，躺倒了，待张开眼睛，原来太阳又已经照在西墙上头了。他坐起身，一面说道："妈妈的……"

他起来之后，也仍旧在街上逛，虽然不比赤膊之有切肤之痛，却又渐渐的觉得世上有些古怪了。仿佛从这一天起，未庄的女人们忽然都怕了羞，伊们一见阿Q走来，便个个躲进门里去。甚而至于将近五十岁的邹七嫂，也跟着别人乱钻，而且将十一岁的女儿都叫进去了。阿Q很以为奇，而且想："这些东西忽然都学起小姐模样来了。这娼妇们……"

但他更觉得世上有些古怪，却是许多日以后的事。

丁聪插图（八）

其一，酒店不肯赊欠了；其二，管土谷祠的老头子说些废话，似乎叫他走；其三，他虽然记不清多少日，但确乎有许多日，没有一个人来叫他做短工。酒店不赊，熬着也罢了；老头子催他走，噜苏一通也就算了；只是没有人来叫他做短工，却使阿Q肚子饿：这委实是一件非常“妈妈的”的事情。

阿Q忍不下去了，他只好到老主顾的家里去探问，——但独不许踏进赵府的门槛，——然而情形也异样：一定走出一个男人来，现了十分烦厌的相貌，像回复乞丐一般的摇手道：

“没有没有！你出去！”

阿Q愈觉得稀奇了。他想，这些人家向来少不了要帮忙，不至于现在忽然都无事，这总该有些蹊跷在里面了。他留心打听，才知道他们有事都去叫小Don。这小D，是一个穷小子，又瘦又乏，在阿Q的眼睛里，位置是在王胡之下的，谁料这小子竟谋了他的饭碗去。所以阿Q这一气，更与平常不同，当气愤愤的走着的时候，忽然将手一扬，唱道：

“我手执钢鞭将你打！……”

几天之后，他竟在钱府的照壁前遇见了小D。“仇人相见分外眼明”，阿Q便迎上去，小D也站住了。

“畜生！”阿Q怒目而视的说，嘴角上飞出唾沫来。

“我是虫豸，好吗？……”小D说。

这谦逊反使阿Q更加愤怒起来，但他手里没有钢鞭，于是只得扑上去，伸手去拔小D的辫子。小D一手护住了自己的辫根，一手也来拔阿Q的辫子，阿Q便也将空着的一只手护住了自己的辫根。从先前的阿Q看来，小D本来是不足齿数的，但他近来挨了饿，又瘦又乏已经不下于小D，所以便成了势均力敌的现象，四只手拔着两颗头，都弯了腰，在钱家粉墙上映出一个蓝色的虹形，至于半点钟之久了。

“好了，好了！”看的人们说，大约是解劝的。

“好，好！”看的人们说，不知道是解劝，是颂扬，还是煽动。

然而他们都不听。阿Q进三步，小D便退三步，都站着；小D进三步，阿Q便退三步，又都站着。大

丁聪插图（九）

约半点钟，——未庄少有自鸣钟，所以很难说，或者二十分，——他们的头发里便都冒烟，额上便都流汗，阿Q的手放松了，在同一瞬间，小D的手也正放松了，同时直起，同时退开，都挤出人丛去。

“记着吧，妈妈的……”阿Q回过头去说。

“妈妈的，记着吧……”小D也回过头来说。

这一场“龙虎斗”似乎并无胜败，也不知道看的人可满足，都没有发什么议论，而阿Q却仍然没有人来叫他做短工。

有一日很温和，微风拂拂的颇有些夏意了，阿Q却觉得寒冷起来，但这还可担当，第一倒是肚子饿。棉被，毡帽，布衫，早已没有了，其次就卖了棉袄；现在有裤子，却万不可脱的；有破夹袄，又除了送人做鞋底，决定卖不出钱。他早想在路上拾得一注钱，但至今还没有见；他想在自己的破屋里忽然寻到一注钱，慌张的四顾，但屋内是空虚而且了然。于是他决计出门求食去了。

他在路上走着要“求食”，看见熟识的酒店，看见熟识的馒头，但他都走过了，不但没有暂停，而且并不想要。他所求的不是这类东西了；他求的是什么东西，他自己不知道。

未庄本不是大村镇，不多时便走尽了。村外多是水田，满眼是新秧的嫩绿，夹着几个圆形的活动的黑点，便是耕田的农夫。阿Q并不赏鉴这田家乐，却只是走，因为他直觉的知道这与他的“求食”之道是很辽远的。但他终于走到静修庵的墙外了。

庵周围也是水田，粉墙突出在新绿里，后面的低土墙里是菜园。阿Q迟疑了一会儿，四面一看，并没有人。他便爬上这矮墙去，扯着何首乌藤，但泥土仍然簌簌的掉，阿Q的脚也索索的抖；终于攀着桑树枝，跳到里面了。里面真是郁郁葱葱，但似乎并没有黄酒馒头，以及此外可吃的之类。靠西墙是竹丛，下面许多笋，只可惜都是并未煮熟的，还有油菜早经结子，芥菜已将开花，小白菜也很老了。

阿Q仿佛文童落第似的觉得很冤屈，他慢慢走近园门去，忽而非常惊喜了，这分明是一畦老萝卜。他

丁聪插图（十）

于是蹲下便拔，而门口突然伸出一个很圆的头来，又即缩回去了，这分明是小尼姑。小尼姑之流是阿Q本来视若草芥的，但世事须“退一步想”，所以他便赶紧拔起四个萝卜，拧下青叶，兜在大襟里。然而老尼姑已经出来了。

“阿弥陀佛，阿Q，你怎么跳进园里来偷萝卜！……啊呀，罪过呵，啊唷，阿弥陀佛！……”

“我什么时候跳进你的园里来偷萝卜？”阿Q且看且走的说。

“现在……这不是？”老尼姑指着他的衣兜。

“这是你的？你能叫得它答应你吗？你……”

阿Q没有说完话，拔步便跑；追来的是一条很肥大的黑狗。这本来在前门的，不知怎的到后园来了。黑狗哼而且追，已经要咬着阿Q的腿，幸而从衣兜里落下一个萝卜来，那狗给一吓，略略一停，阿Q已经爬上桑树，跨到土墙，连人和萝卜都滚出墙外面了。只剩着黑狗还在对着桑树嗥，老尼姑念着佛。

阿Q怕尼姑又放出黑狗来，拾起萝卜便走，沿路又捡了几块小石头，但黑狗却并不再出现。阿Q于是抛了石块，一面走一面吃，而且想到，这里也没有什么东西寻，不如进城去……

待三个萝卜吃完时，他已经打定了进城的主意了。

第六章　从中兴到末路

在未庄再看见阿Q出现的时候，是刚过了这年的中秋。人们都惊异，说是阿Q回来了，于是又回上去想到，他先前哪里去了呢？阿Q前几回的上城，大抵早就兴高采烈的对人说，但这一次却并不，所以也没有一个人留心到。他或者也曾告诉过管土谷祠的老头子，然而未庄老例，只有赵太爷钱太爷和秀才大爷上城才算一件事。假洋鬼子尚且不足数，何况是阿Q？因此老头子也就不替他宣传，而未庄的社会上也就无从知道了。

但阿Q这回的回来，却与先前大不同，确乎很值得惊异。天色将黑，他睡眼蒙眬的在酒店门前出现了，他走近柜台，从腰间伸出手来，满把是银的和铜的，在柜上一扔说："现钱！打酒来！"穿的是新夹袄，看去腰间还挂着一个大褡裢，沉甸甸的将裤带坠成了

日期星　中華民國十一年一月十五日　晨報附刊　四年二十月八十日　第一號

晨報副鐫

一九二二年一月十五日

講壇

文字的利用

松年

文藝

阿Q正傳

第六章　從中興到末路

巴人

《阿 Q 正传》第六章，发表于《晨报副镌》1922 年 1 月 15 日

很弯很弯的弧线。未庄老例，看见略有些醒目的人物，是与其慢也宁敬的，现在虽然明知道是阿Q，但因为和破夹袄的阿Q有些两样了，古人云，“士别三日便当刮目相待”，所以堂倌、掌柜、酒客、路人，便自然显出一种疑而且敬的形态来。掌柜既先之以点头，又继之以谈话：

“嚄，阿Q，你回来了！”

“回来了。”

“发财发财，你是——在……”

“上城去了！”

这一件新闻，第二天便传遍了全未庄。人人都愿意知道现钱和新夹袄的阿Q的中兴史，所以在酒店里，茶馆里，庙檐下，便渐渐的探听出来了。这结果，是阿Q得了新敬畏。

据阿Q说，他是在举人老爷家里帮忙。这一节，听的人都肃然了。这老爷本姓白，但因为合城里只有他一个举人，所以不必再冠姓，说起举人来就是他。这也不独在未庄是如此，便是一百里方圆之内也都如此，人们几乎多以为他的姓名就叫举人老爷的了。在这人的府上帮忙，那当然是可敬的。但据阿Q又说，他却不高兴再帮忙了，因为这举人老爷实在太“妈妈的”了。这一节，听的人都叹息而且快意，因为阿Q本不配在举人老爷家里帮忙，而不帮忙是可惜的。

据阿Q说，他的回来，似乎也由于不满意城里人，这就在他们将长凳称为条凳，而且煎鱼用葱丝，加以最近观察所得的缺点，是女人的走路也扭得不很好。然而也偶有大可佩服的地方，即如未庄的乡下人不过打三十二张的竹牌，只有假洋鬼子能够叉“麻酱”，城里却连小乌龟子都叉得精熟的。什么假洋鬼子，只要放在城里的十几岁的小乌龟子的手里，也就立刻是“小鬼见阎王”。这一节，听的人都赧然了。

“你们可看见过杀头吗？”阿Q说，“咳，好看。杀革命党。唉，好看好看……”他摇摇头，将唾沫飞在正对面的赵司晨的脸上。这一节，听的人都凛然了。但阿Q又四面一看，忽然扬起右手，照着伸长脖子听得出神的王胡的后项窝上直劈下去道：

丁聪插图（十一）

“嚓！”

王胡惊得一跳，同时电光石火似的赶快缩了头，而听的人又都悚然而且欣然了。从此王胡瘟头瘟脑的许多日，并且再不敢走近阿Q的身边；别的人也一样。

阿Q这时在未庄人眼睛里的地位，虽不敢说超过赵太爷，但谓之差不多，大约也就没有什么语病的了。

然而不多久，这阿Q的大名忽又传遍了未庄的闺中。虽然未庄只有钱赵两姓是大屋，此外十之九都是浅闺，但闺中究竟是闺中，所以也算得一件神异。女人们见面时一定说，邹七嫂在阿Q那里买了一条蓝绸裙，旧固然是旧的，但只花了九角钱。还有赵白眼的母亲——一说是赵司晨的母亲，待考——也买了一件孩子穿的大红洋纱衫，七成新，只用三百大钱九二串。于是伊们都眼巴巴的想见阿Q，缺绸裙的想问他买绸裙，要洋纱衫的想问他买洋纱衫，不但见了不逃避，有时阿Q已经走过了，也还要追上去叫住他，问道：

“阿Q，你还有绸裙吗？没有？纱衫也要的，有吧？”

后来这终于从浅闺传进深闺里去了。因为邹七嫂得意之余，将伊的绸裙请赵太太去鉴赏，赵太太又告诉了赵太爷而且着实恭维了一番。赵太爷便在晚饭桌上，和秀才大爷讨论，以为阿Q实在有些古怪，我们门窗应该小心些；但他的东西，不知道可还有什么可买，也许有点好东西吧。加以赵太太也正想买一件价廉物美的皮背心。于是家族决议，便托邹七嫂即刻去寻阿Q，而且为此新辟了第三种的例外：这晚上也姑且特准点油灯。

油灯干了不少了，阿Q还不到。赵府的全眷都很焦急，打着呵欠，或恨阿Q太飘忽，或怨邹七嫂不上紧。赵太太还怕他因为春天的条件不敢来，而赵太爷以为不足虑：因为这是"我"去叫他的。果然，到底赵太爷有见识，阿Q终于跟着邹七嫂进来了。

"他只说没有没有，我说你自己当面说去，他还要说，我说……"邹七嫂气喘吁吁的走着说。

"太爷！"阿Q似笑非笑的叫了一声，在檐下站住了。

丁聪插图（十二）

“阿Q，听说你在外面发财，”赵太爷踱开去，眼睛打量着他的全身，一面说，“那很好，那很好的。这个，……听说你有些旧东西，……可以都拿来看一看，……这也并不是别的，因为我倒要……”

“我对邹七嫂说过了。都完了。”

“完了？”赵太爷不觉失声的说，“哪里会完得这样快呢？”

“那是朋友的，本来不多。他们买了些……”

“总该还有一点吧。”

“现在，只剩了一张门幕了。”

“就拿门幕来看看吧。”赵太太慌忙说。

“那么，明天拿来就是，”赵太爷却不甚热心了，“阿Q，你以后有什么东西的时候，你尽先送来给我们看……”

“价钱决不会比别家出得少！”秀才说。秀才娘子忙一瞥阿Q的脸，看他感动了没有。

“我要一件皮背心。”赵太太说。

阿Q虽然答应着，却懒洋洋的出去了，也不知道他是否放在心上。这使赵太爷很失望，气愤而且担心，至于停止了打呵欠。秀才对于阿Q的态度也很不平，于是说，这忘八蛋要提防，或者竟不如吩咐地保，不许他住在未庄。但赵太爷以为不然，说这也怕要结怨，况且做这路生意的大概是“老鹰不吃窝下食”，本村倒不必担心的；只要自己夜里警醒点就是了。秀才听了这“庭训”，非常之以为然，便即刻撤销了驱逐阿Q的提议，而且叮嘱邹七嫂，请伊万不要向人提起这一段话。

但第二日，邹七嫂便将那蓝裙去染了皂，又将阿Q可疑之点传扬出去了，可是确没有提起秀才要驱逐他这一节。然而这已经于阿Q很不利。最先，地保寻上门了，取了他的门幕去，阿Q说是赵太太要看的，而地保也不还，并且要议定每月的孝敬钱。其次，是村人对于他的敬畏忽而变相了，虽然还不敢来放肆，却很有远避的神情，而这神情和先前的防他来“嚓”的时候又不同，颇混着“敬而远之”的分子了。

只有一班闲人们却还要寻根究底的去探阿Q的底

细。阿Q也并不讳饰，傲然的说出他的经验来。从此他们才知道，他不过是一个小角色，不但不能上墙，并且不能进洞，只站在洞外接东西。有一夜，他刚才接到一个包，正手再进去，不一会儿，只听得里面大嚷起来，他便赶紧跑，连夜爬出城，逃回未庄来了，从此不敢再去做。然而这故事却于阿Q更不利，村人对于阿Q的“敬而远之”者，本因为怕结怨，谁料他不过是一个不敢再偷的偷儿呢？这实在是“斯亦不足畏也矣”。

第七章　革　命

宣统三年九月十四日——即阿Q将褡裢卖给赵白眼的这一天——三更四点，有一只大乌篷船到了赵府上的河埠头。这船从黑魆魆中荡来，乡下人睡得熟，都没有知道；出去时将近黎明，却很有几个看见的了。据探头探脑的调查来的结果，知道那竟是举人老爷的船！

那船便将大不安载给了未庄，不到正午，全村的人心就很摇动。船的使命，赵家本来是很秘密的，但茶坊酒肆里却都说，革命党要进城，举人老爷到我们乡下来逃难了。唯有邹七嫂不以为然，说那不过是几口破衣箱，举人老爷想来寄存的，却已被赵太爷回复转去。其实举人老爷和赵秀才素不相能，在理本不能有“共患难”的情谊，况且邹七嫂又和赵家是邻居，见闻较为切近，所以大概该是伊对的。

然而谣言很旺盛，说举人老爷虽然似乎没有亲到，却有一封长信，和赵家排了“转折亲”。赵太爷肚里一轮，觉得于他总不会有坏处，便将箱子留下了，现就塞在太太的床底下。至于革命党，有的说是便在这一夜进了城，个个白盔白甲：穿着崇正皇帝的素。

阿Q的耳朵里，本来早听到过革命党这一句话，今年又亲眼见过杀掉革命党。但他有一种不知从哪里来的意见，以为革命党便是造反，造反便是与他为难，所以一向是“深恶而痛绝之”的。殊不料这却使百里闻名的举人老爷有这样怕，于是他未免也有些“神往”了，况且未庄的一群鸟男女的慌张的神情，也使阿Q更快意。

“革命也好吧，”阿Q想，“革这伙妈妈的命，太可恶！太可恨！……便是我，也要投降革命党了。”

阿Q近来用度窘，大约略略有些不平；加以午间喝了两碗空肚酒，愈加醉得快，一面想一面走，便又飘飘然起来。不知怎么一来，忽而似乎革命党便是自己，未庄人却都是他的俘虏了。他得意之余，禁不住大声

丁聪插图（十三）

的嚷道：

“造反了！造反了！”

未庄人都用了惊惧的眼光对他看。这一种可怜的眼光，是阿Q从来没有见过的，一见之下，又使他舒服得如六月里喝了雪水。他更加高兴的走而且喊道：

“好，……我要什么就是什么，我欢喜谁就是谁。

“得得，锵锵！

“悔不该，酒醉错斩了郑贤弟，

“悔不该，呀呀呀……

“得得，锵锵，得，锵令锵！

“我手执钢鞭将你打……”

赵府上的两位男人和两个真本家，也正站在大门口论革命。阿Q没有见，昂了头直唱过去。

“得得，……”

“老Q。”赵太爷怯怯的迎着低声的叫。

“锵锵，”阿Q料不到他的名字会和“老”字联结起来，以为是一句别的话，与己无干，只是唱，“得，锵，锵令锵，锵！”

“老Q。”

“悔不该……”

“阿Q！”秀才只得直呼其名了。

阿Q这才站住，歪着头问道：“什么？”

“老Q，……现在……”赵太爷却又没有话，“现在……发财吗？”

“发财？自然。要什么就是什么……”

“阿……Q哥，像我们这样穷朋友是不要紧的……”赵白眼惴惴的说，似乎想探革命党的口风。

“穷朋友？你总比我有钱。”阿Q说着自去了。

大家都怃然，没有话。赵太爷父子回家，晚上商量到点灯。赵白眼回家，便从腰间扯下褡裢来，交给他女人藏在箱底里。

阿Q飘飘然的飞了一通，回到土谷祠，酒已经醒透了。这晚上，管祠的老头子也意外的和气，请他喝茶；阿Q便向他要了两个饼，吃完之后，又要了一支点过的四两烛和一个树烛台，点起来，独自躺在自己的小屋里。他说不出的新鲜而且高兴，烛火像元夜似的闪闪的跳，他的思想也迸跳起来了：

“造反？有趣，……来了一阵白盔白甲的革命党，都拿着板刀、钢鞭、炸弹、洋炮、三尖两刃刀、钩镰枪，走过土谷祠，叫道，‘阿Q！同去同去！’于是一同去。……

“这时未庄的一伙鸟男女才好笑哩，跪下叫道：‘阿Q，饶命！’谁听他！第一个该死的是小D和赵太爷，还有秀才，还有假洋鬼子，……留几条吗？王胡本来还可留，但也不要了。……

“东西，……直走进去打开箱子来：元宝，洋钱，洋纱衫，……秀才娘子的一张宁式床先搬到土谷祠，此外便摆了钱家的桌椅，——或者也就用赵家的吧。自己是不动手的了，叫小D来搬，要搬得快，搬得不快打嘴巴。……

“赵司晨的妹子真丑。邹七嫂的女儿过几年再说。假洋鬼子的老婆会和没有辫子的男人睡觉，吓，不是好东西！秀才的老婆是眼胞上有疤的。……吴妈长久不见了，不知道在哪里，——可惜脚太大。”

丁聪插图（十四）

阿Q没有想得十分停当，已经发了鼾声，四两烛还只点去了小半寸，红焰焰的光照着他张开的嘴。

“嗬嗬！”阿Q忽而大叫起来，抬了头仓皇的四顾，待到看见四两烛，却又倒头睡去了。

第二天他起得很迟，走出街上看时，样样都照旧。他也仍然肚饿，他想着，想不起什么来；但他忽而似乎有了主意了，慢慢的跨开步，有意无意的走到静修庵。

庵和春天时节一样静，白的墙壁和漆黑的门。他想了一想，前去打门，一只狗在里面叫。他急急拾了几块断砖，再上去较为用力的打，打到黑门上生出许多麻点的时候，才听得有人来开门。

阿Q连忙捏好砖头，摆开马步，准备和黑狗来开战。但庵门只开了一条缝，并无黑狗从中冲出，望进去只有一个老尼姑。

“你又来什么事？”伊大吃一惊的说。

“革命了……你知道？……”阿Q说得很含糊。

“革命革命，革过一革的，……你们要革得我们怎么样呢？”老尼姑两眼通红的说。

“什么？……”阿Q诧异了。

“你不知道，他们已经来革过了！”

“谁？……”阿Q更其诧异了。

“那秀才和洋鬼子！”

阿Q很出意外，不由得一错愕；老尼姑见他失了锐气，便飞速的关了门，阿Q再推时，牢不可开，再打时，没有回答了。

那还是上午的事。赵秀才消息灵，一知道革命党已在夜间进城，便将辫子盘在顶上，一早去拜访那历来也不相能的钱洋鬼子。这是“咸与维新”的时候了，所以他们便谈得很投机，立刻成了情投意合的同志，也相约去革命。他们想而又想，才想出静修庵里有一块“皇帝万岁万万岁”的龙牌，是应该赶紧革掉的，于是又立刻同到庵里去革命。因为老尼姑来阻挡，说了三句话，他们便将伊当作满政府，在头上很给了不少的棍子和栗凿。尼姑待他们走后，定了神来检点，龙牌固然已经碎在地上了，而且又不见了观音娘娘座前的一个宣德炉。

丁聪插图（十五）

这事阿Q后来才知道。他颇悔自己睡着，但也深怪他们不来招呼他。他又退一步想道：

“难道他们还没有知道我已经投降了革命党吗？”

第八章　不准革命

未庄的人心日见其安静了。据传来的消息，知道革命党虽然进了城，倒还没有什么大异样。知县大老爷还是原官，不过改称了什么，而且举人老爷也做了什么——这些名目，未庄人都说不明白——官，带兵的也还是先前的老把总。只有一件可怕的事是另有几个不好的革命党夹在里面捣乱，第二天便动手剪辫子，听说那邻村的航船七斤便着了道儿，弄得不像人样子了。但这却还不算大恐怖，因为未庄人本来少上城，即使偶有想进城的，也就立刻变了计，碰不着这危险。阿Q本也想进城去寻他的老朋友，一得这消息，也只得作罢了。

但未庄也不能说是无改革。几天之后，将辫子盘在顶上的逐渐增加起来了，早经说过，最先自然是茂才公，其次便是赵司晨和赵白眼，后来是阿Q。倘在夏天，大家将辫子盘在头顶上或者打一个结，本不算什么稀奇事，但现在是暮秋，所以这“秋行夏令”的情形，在盘辫家不能不说是万分的英断，而在未庄也不能说无关于改革了。

赵司晨脑后空荡荡的走来，看见的人大嚷说：

“嚄，革命党来了！”

阿Q听到了很羡慕。他虽然早知道秀才盘辫的大新闻，但总没有想到自己可以照样做，现在看见赵司晨也如此，才有了学样的意思，定下实行的决心。他用一支竹筷将辫子盘在头顶上，迟疑多时，这才放胆的走去。

他在街上走，人也看他，然而不说什么话，阿Q当初很不快，后来便很不平。他近来很容易闹脾气了；其实他的生活，倒也并不比造反之前反艰难，人见他也客气，店铺也不说要现钱。而阿Q总觉得自己太失意：既然革了命，不应该只是这样的。况且有一回看见小D，愈使他气破肚皮了。

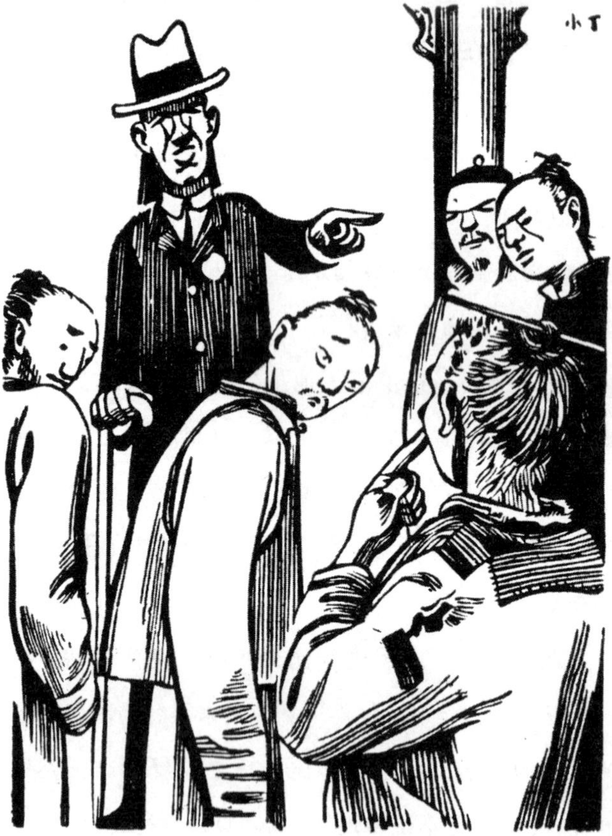

丁聪插图（十六）

小D也将辫子盘在头顶上了，而且也居然用一支竹筷。阿Q万料不到他也敢这样做，自己也决不准他这样做！小D是什么东西呢？他很想即刻揪住他，拗断他的竹筷，放下他的辫子，并且批他几个嘴巴，聊且惩罚他忘了生辰八字，也敢来做革命党的罪。但他终于饶放了，单是怒目而视的吐一口唾沫道："呸！"

这几日里，进城去的只有一个假洋鬼子。赵秀才本也想靠着寄存箱子的渊源，亲身去拜访举人老爷的，但因为有剪辫的危险，所以也就中止了。他写了一封"黄伞格"的信，托假洋鬼子带上城，而且托他给自己绍介绍介，去进自由党。假洋鬼子回来时，向秀才讨还了四块洋钱，秀才便有一块银桃子挂在大襟上了；未庄人都惊服，说这是柿油党的顶子，抵得一个翰林；赵太爷因此也骤然大阔，远过于他儿子初隽秀才的时候，所以目空一切，见了阿Q，也就很有些不放在眼里了。

阿Q正在不平，又时时刻刻感着冷落，一听得这银桃子的传说，他立即悟出自己之所以冷落的原因了：要革命，单说投降，是不行的；盘上辫子，也不行的；

第一着仍然要和革命党去结识。他生平所知道的革命党只有两个，城里的一个早已“嚓”的杀掉了，现在只剩了一个假洋鬼子。他除却赶紧去和假洋鬼子商量之外，再没有别的道路了。

钱府的大门正开着，阿Q便怯怯的躄进去。他一到里面，很吃了惊，只见假洋鬼子正站在院子的中央，一身乌黑的大约是洋衣，身上也挂着一块银桃子，手里是阿Q曾经领教过的棍子，已经留到一尺多长的辫子都拆开了披在肩背上，蓬头散发的像一个刘海仙。对面挺直的站着赵白眼和三个闲人，正在毕恭毕敬的听说话。

阿Q轻轻的走近了，站在赵白眼的背后，心里想招呼，却不知道怎么说才好：叫他假洋鬼子固然是不行的了，洋人也不妥，革命党也不妥，或者就应该叫洋先生了吧。

洋先生却没有见他，因为白着眼睛讲得正起劲：

“我是性急的，所以我们见面，我总是说：洪哥！我们动手吧！他却总说道No！——这是洋话，你们不

丁聪插图（十七）

懂的。否则早已成功了。然而这正是他做事小心的地方。他再三再四的请我上湖北，我还没有肯。谁愿意在这小县城里做事情。……”

“唔，……这个……”阿Q候他略停，终于用十二分的勇气开口了，但不知道因为什么，又并不叫他洋先生。

听着说话的四个人都吃惊的回顾他。洋先生也才看见：

“什么？”

“我……”

“出去！”

“我要投……”

“滚出去！”洋先生扬起哭丧棒来了。

赵白眼和闲人们便都吆喝道：“先生叫你滚出去，你还不听吗！”

阿Q将手向头上一遮，不自觉的逃出门外；洋先生倒也没有追。他快跑了六十多步，这才慢慢的走，于是心里便涌起了忧愁：洋先生不准他革命，他再没有别的路；从此决不能望有白盔白甲的人来叫他，他所有的抱负、志向、希望、前程，全被一笔勾销了。至于闲人们传扬开去，给小D、王胡等辈笑话，倒是还在其次的事。

他似乎从来没有经验过这样的无聊。他对于自己的盘辫子，仿佛也觉得无意味，要侮蔑；为报仇起见，很想立刻放下辫子来，但也没有竟放。他游到夜间，赊了两碗酒，喝下肚去，渐渐的高兴起来了，思想里才又出现白盔白甲的碎片。

有一天，他照例的混到夜深，待酒店要关门，才踱回土谷祠去。

啪，吧——！

他忽而听得一种异样的声音，又不是爆竹。阿Q本来是爱看热闹、爱管闲事的，便在暗中直寻过去。似乎前面有些脚步声；他正听，猛然间一个人从对面逃来了。阿Q一看见，便赶紧翻身跟着逃。那人转弯，阿Q也转弯，既转弯，那人站住了，阿Q也站住。他看后面并无什么，看那人便是小D。

“什么？”阿Q不平起来了。

“赵……赵家遭抢了！”小D气喘吁吁的说。

阿Q的心怦怦的跳了。小D说了便走；阿Q却逃而又停的两三回。但他究竟是做过“这路生意”的人，格外胆大，于是躄出路角，仔细的听，似乎有些嚷嚷，又仔细的看，似乎许多白盔白甲的人，络绎的将箱子抬出了，器具抬出了，秀才娘子的宁式床也抬出了，但是不分明，他还想上前，两只脚却没有动。

这一夜没有月，未庄在黑暗里很寂静，寂静到像羲皇时候一般太平。阿Q站着看到自己发烦，也似乎还是先前一样，在那里来来往往的搬，箱子抬出了，器具抬出了，秀才娘子的宁式床也抬出了，……抬得他自己有些不信他的眼睛了。但他决计不再上前，却回到自己的祠里去了。

土谷祠里更漆黑；他关好大门，摸进自己的屋子里。他躺了好一会儿，这才定了神，而且发出关于自己的思想来：白盔白甲的人明明到了，并不来打招呼，搬了许多好东西，又没有自己的份，——这全是假洋鬼子可恶，不准我造反，否则，这次何至于没有我的份呢？阿Q越想越气，终于禁不住满心痛恨起来，毒毒的点一点头："不准我造反，只准你造反？妈妈的假洋鬼子，——好，你造反！造反是杀头的罪名呵，我总要告一状，看你抓进县里去杀头，——满门抄斩，——嚓！嚓！"

第九章　大团圆

赵家遭抢之后，未庄人大抵很快意而且恐慌，阿Q也很快意而且恐慌。但四天之后，阿Q在半夜里忽被抓进县城里去了。那时恰是暗夜，一队兵，一队团丁，一队警察，五个侦探，悄悄的到了未庄，乘昏暗围住土谷祠，正对门架好机关枪；然而阿Q不冲出。许多时没有动静，把总焦急起来了，悬了二十千的赏，才有两个团丁冒了险，逾垣进去，里应外合，一拥而入，将阿Q抓出来；直待擒出祠外面的机关枪左近，他才有些清醒了。

到进城，已经是正午，阿Q见自己被搀进一所破衙门，转了五六个弯，便推在一间小屋里。他刚刚一跄踉，那用整株的木料做成的栅栏门便跟着他的脚跟合上了，其余的三面都是墙壁，仔细看时，屋角上还

丁聪插图（十八）

有两个人。

阿Q虽然有些忐忑，却并不很苦闷，因为他那土谷祠里的卧室，也并没有比这间屋子更高明。那两个也仿佛是乡下人，渐渐和他兜搭起来了，一个说是举人老爷要追他祖父欠下来的陈租，一个不知道为了什么事。他们问阿Q，阿Q爽利的答道："因为我想造反。"

他下半天便又被抓出栅栏门去了，到得大堂，上面坐着一个满头剃得精光的老头子。阿Q疑心他是和尚，但看见下面站着一排兵，两旁又站着十几个长衫人物，也有满头剃得精光像这老头子的，也有将一尺来长的头发披在背后像那假洋鬼子的，都是一脸横肉，怒目而视的看他，他便知道这人一定有些来历，膝关节立刻自然而然的宽松，便跪了下去了。

"站着说！不要跪！"长衫人物都吆喝说。

阿Q虽然似乎懂得，但总觉得站不住，身不由己的蹲了下去，而且终于趁势改为跪下了。

"奴隶性！……"长衫人物又鄙夷似的说，但也没有叫他起来。

“你从实招来吧，免得吃苦。我早都知道了。招了可以放你。”那光头的老头子看定了阿Q的脸，沉静的清楚的说。

“招吧！”长衫人物也大声说。

“我本来要……来投……”阿Q糊里糊涂的想了一通，这才断断续续的说。

“那么，为什么不来的呢？”老头子和气的问。

“假洋鬼子不准我！”

“胡说！此刻说，也迟了。现在你的同党在哪里？”

“什么？……”

“那一晚打劫赵家的一伙人。”

“他们没有来叫我。他们自己搬走了。”阿Q提起来便愤愤。

“走到哪里去了呢？说出来便放你了。”老头子更和气了。

“我不知道，……他们没有来叫我……”

然而老头子使了一个眼色，阿Q便又被抓进栅栏门里了。他第二次抓出栅栏门，是第二天的上午。

大堂的情形都照旧。上面仍然坐着光头的老头子，阿Q也仍然下了跪。

老头子和气的问道："你还有什么话说吗？"

阿Q一想，没有话，便回答说："没有。"

于是一个长衫人物拿了一张纸，并一支笔送到阿Q的面前，要将笔塞在他手里。阿Q这时很吃惊，几乎"魂飞魄散"了。因为他的手和笔相关，这回是初次。他正不知怎样拿，那人却又指着一处地方教他画花押。

"我……我……不认得字。"阿Q一把抓住了笔，惶恐而且惭愧的说。

"那么，便宜你，画一个圆圈！"

阿Q要画圆圈了，那手捏着笔却只是抖。于是那人替他将纸铺在地上，阿Q伏下去，使尽了平生的力画圆圈。他生怕被人笑话，立志要画得圆，但这可恶的笔不但很沉重，并且不听话，刚刚一抖一抖的几乎要合缝，却又向外一耸，画成瓜子模样了。

阿Q正羞愧自己画得不圆，那人却不计较，早已掣了纸笔去，许多人又将他第二次抓进栅栏门。

丁聪插图（十九）

他第二次进了栅栏，倒也并不十分懊恼。他以为人生天地之间，大约本来有时要抓进抓出，有时要在纸上画圆圈的，唯有圈而不圆，却是他“行状”上的一个污点。但不多时也就释然了，他想：孙子才画得很圆的圆圈呢。于是他睡着了。

然而这一夜，举人老爷反而不能睡：他和把总怄了气了。举人老爷主张第一要追赃，把总主张第一要示众。把总近来很不将举人老爷放在眼里了，拍案打凳的说道：“惩一儆百！你看，我做革命党还不上二十天，抢案就是十几件，全不破案，我的面子在哪里？破了案，你又来迂。不成！这是我管的！”举人老爷窘急了，然而还坚持，说是倘若不追赃，他便立刻辞了帮办民政的职务。而把总却道：“请便吧！”于是举人老爷在这一夜竟没有睡，但幸而第二天倒也没有辞。

阿Q第三次抓出栅栏门的时候，便是举人老爷睡不着的那一夜的明天的上午了。他到了大堂，上面还坐着照例的光头老头子；阿Q也照例的下了跪。

老头子很和气的问道：“你还有什么话吗？”

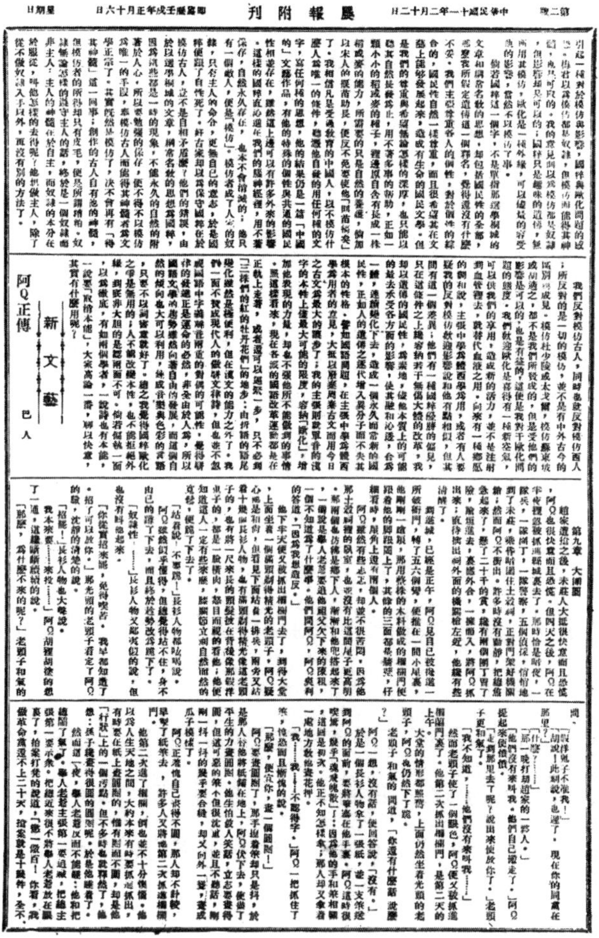

第二號　中華民國十一年二月十二日　晨報附刊　即舊曆壬戌年正月十六日　星期日

引起一種對於模仿與影響，國粹與歐化問題的誤解。梅君以為模仿都是奴隸，但模仿而能得其神髓，也是可取的。我的意見則以為模仿都是奴隸，但影響卻是可以的；國粹只是趣味的遺傳，無所用其模仿，歐化是一種外緣，可以儘量的容受他的影響，當然不以模仿了事。

倘若國粹這一個字，不是單指那選學桐城的文章和綱常名教的思想，卻包括國民性的全部，那麼我所假定遺傳這一個名稱，覺得還沒有什麼不妥。我們主張尊重各人的個性，對於個性的綜合的，國民性自然一樣尊重，而且很希望其在文藝上能夠發展起來，造成有生命的國民文學。但是我們的尊重與希望無論怎樣的深厚，也只能以聽其自然長發為止，用不著多事的幫助，正如一顆小小的稻或麥的種子，裏邊原自含有長成一株稻或麥的能力，所需要的只是自然的養護，倘加以宋人的揠苗助長，便反不免要使他「頭苗槁矣」了。我相信凡是受過教育的中國人，以不模仿什麼人為唯一的條件，聽憑他自發的用任何種的文字，寫任何種的思想，他的結果仍是一篇「中國的」文藝作品，有他的特殊的個性與共通的國民性相並存在，雖然這上邊可以有許多外來的影響。這樣的國粹直沁透在我們的腦神經裏，用不著保存，自然永久存在，也本不會消滅的；他只有一個敵人，便是「模仿」。模仿者成了人家的奴隸，只有主人的命令，更無自己的意志，於是國粹便跟了自性死了。好古家卻以為保守國粹在於模仿古人，豈不是自相矛盾麼？他們的錯誤，由於以選學桐城的文章，綱常名教的思想為國粹，因為這些都是一時的現象，不能永久的自然的附著於人心，所以要勉強的保存，便不得不以模仿為唯一的手段，專模仿古人而能得其神髓者為文學正宗了。其實既然是模仿了，決不會再有「得其神髓」這一回事；創作的古人自有他的神髓，但模仿者的所得卻只有皮毛，便是所謂糟粕。奴隸無論怎樣的遵守主人的話，終於是一個奴隸而非主人；主人的神髓在於自主，而奴隸的本分在於服從，叫他怎樣的去得呢？他想做主人，除了從不做奴隸入手以外，再沒有別的方法了。

我們反對模仿古人，同時也就反對模仿西人；所反對的是一切的模仿，並不是有中外古今的區別與成見。模仿杜少陵或太戈爾，模仿蘇東坡或胡適之，都不是我們所贊成的，但是受他們的影響是可以的，也是有益的，這便是我對于歐化問題的態度。我們歡迎歐化是喜得有一種新空氣，可以供我們的享用，造成新的活力，並不是注射到血管裏去，就替代血液之用。向來有一種鄉愿的調和說，主張中學為體西學為用，或者有人要疑我的反對模仿歡迎影響說和他有點相似，但其間有這一個差異；他們有一種國粹優勝的偏見，只在這條件之上纔容納若干無傷大體的改革，我卻以遺傳的國民性為素地，儘他本質上的可能的容去承受各方面的影響，使其融和沁透，合為一體，連續變化下去，造成一個永久而常新的國民性，正如人的遺傳之逐代增入異分子而不失其根本的性格。譬如國語問題，在主張中學為體西學為用者的意見，大抵以廢棄周秦古文而用今日之古文為最大的讓步了；我的主張則是單音的漢字的本性上儘最大可能的限度，容納「歐化」，增加他表現的力量，卻也不強他所不能做到的事情。照這樣看來，現在各派的國語改革運動都是在正軌上走著，或者還可以再進一步，只不必到「三株們的紅的牡丹花們」的地步：由拼語的語尾變化雖然是極便利，但在漢文的能力之外了。我們一面不贊成現代人的做駢文律詩，但也並不忽視國語中字義音聲兩重的對偶的可能性，覺得駢律的發達正是運命的必然，非全由於人為，所以國語文學的趨勢雖然向著自由的發展，而這個自然的傾向也大可以利用，練成音樂與色彩的言語，只要不以詞害意就好了。總之我覺得國粹歐化之爭是無用的；人不能改變本性，也不能拒絕外緣，到底非大膽的是認兩面不可。倘若偏執一面，以為徹底，有如兩個學者，一說詩也有本能，一說要「取消本能」，大家高論一番，聊以快意，其實有什麼用呢？

新文藝

阿Q正傳

巴人

第九章　大團圓

趙家遭搶之後，未莊人大抵很快意而且恐慌，阿Q也很快意而且恐慌。但四天之後，阿Q在半夜裏忽被抓進縣城裏去了。那時恰是暗夜，一隊兵，一隊團丁，一隊警察，五個偵探，悄悄地到了未莊，乘昏暗圍住土穀祠，正對門架好機關槍；然而阿Q不衝出。許多時沒有動靜，把總焦急起來了，懸了二十千的賞，纔有兩個團丁冒了險，踰垣進去，裏應外合，一擁而入，將阿Q抓出來；直待擒出祠外面的機關槍左近，他纔有些清醒了。

到進城，已經是正午，阿Q見自己被攙進一所破衙門，轉了五六個彎，便推在一間小屋裏。他剛剛一蹌踉，那用整株的木料做成的柵欄門便跟著他的腳跟闔上了，其餘的三面都是牆壁，仔細看時，屋角上還有兩個人。

阿Q雖然有些忐忑，卻並不很苦悶，因為他那土穀祠裏的臥室，也並沒有比這間屋子更高明。那兩個也彷彿是鄉下人，漸漸和他兜搭起來了，一個說是舉人老爺要追他祖父欠下來的陳租，一個不知道為了什麼事。他們問阿Q，阿Q爽利的答道，「因為我想造反。」

他下半天便又被抓出柵欄門去了，到得大堂，上面坐著一個滿頭剃得精光的老頭子。阿Q疑心他是和尚，但看見下面站著一排兵，兩旁又站著十幾個長衫人物，也有滿頭剃得精光像這老頭子的，也有將一尺來長的頭髮披在背後像那假洋鬼子的，都是一臉橫肉，怒目而視的看他；他便知道這人一定有些來歷，膝關節立刻自然而然的寬鬆，便跪了下去了。

「站著說！不要跪！」長衫人物都吆喝說。

阿Q雖然似乎懂得，但總覺得站不住，身不由己的蹲了下去，而且終於趁勢改為跪下了。

「奴隸性！……」長衫人物又鄙夷似的說，但也沒有叫他起來。

「你從實招來罷，免得吃苦。我早都知道了。招了可以放你。」那光頭的老頭子看定了阿Q的臉，沉靜的清楚的說。

「招罷！」長衫人物也大聲說。

「我本來要……來投……」阿Q胡裏胡塗的想了一通，這纔斷斷續續的說。

「那麼，為什麼不來的呢？」老頭子和氣的問。

「假洋鬼子不准我！」

「胡說！此刻說，也遲了。現在你的同黨在那裏？」

「什麼？……」

「那一晚打劫趙家的一夥人。」

「他們沒有來叫我。他們自己搬走了。」阿Q提起來便憤憤。

「走到那裏去了呢？說出來便放你了。」老頭子更和氣了。

「我不知道，……他們沒有來叫我……」

然而老頭子使了一個眼色，阿Q便又被抓進柵欄門裏了。他第二次抓出柵欄門，是第二天的上午。

大堂的情形都照舊。上面仍然坐著光頭的老頭子，阿Q也仍然下了跪。

老頭子和氣的問道，「你還有什麼話說麼？」

阿Q一想，沒有話，便回答說，「沒有。」

於是一個長衫人物拿了一張紙，並一支筆送到阿Q的面前，要將筆塞在他手裏。阿Q這時很吃驚，幾乎「魂飛魄散」了：因為他的手和筆相關，這回是初次。他正不知怎樣拿；那人卻又指着一處地方教他畫花押。

「我……我……不認得字。」阿Q一把抓住了筆，惶恐而且慚愧的說。

「那麼，便宜你，畫一個圓圈！」

阿Q要畫圓圈了，那手捏著筆卻只是抖。於是那人替他將紙鋪在地上，阿Q伏下去，使盡了平生的力畫圓圈。他生怕被人笑話，立志要畫得圓，但這可惡的筆不但很沉重，並且不聽話，剛剛一抖一抖的幾乎要合縫，卻又向外一聳，畫成瓜子模樣了。

阿Q正羞愧自己畫得不圓，那人卻不計較，早已掣了紙筆去，許多人又將他第二次抓進柵欄門。

他第二次進了柵欄，倒也並不十分懊惱。他以為人生天地之間，大約本來有時要抓進抓出，有時要在紙上畫圓圈的，惟有圈而不圓，卻是他「行狀」上的一個污點。但不多時也就釋然了，他想：孫子纔畫得很圓的圓圈呢。於是他睡著了。

然而這一夜，舉人老爺反而不能睡：他和把總嘔了氣了。舉人老爺主張第一要追贓，把總主張第一要示眾。把總近來很不將舉人老爺放在眼裏了，拍案打凳的說道，「懲一儆百！你看，我做革命黨還不上二十天，搶案就是十幾件，全不。

《阿Q正传》第九章，发表于《晨报副镌》1922年2月12日

阿Q一想，没有话，便回答说："没有。"

许多长衫和短衫人物，忽然给他穿上一件洋布的白背心，上面有些黑字。阿Q很气苦：因为这很像是戴孝，而戴孝是晦气的。然而同时他的两手反缚了，同时又被一直抓出衙门外去了。

阿Q被抬上了一辆没有篷的车，几个短衣人物也和他同坐在一处。这车立刻走动了，前面是一班背着洋炮的兵们和团丁，两旁是许多张着嘴的看客，后面怎样，阿Q没有见。但他突然觉到了：这岂不是去杀头吗？他一急，两眼发黑，耳朵里嗡的一声，似乎发昏了。然而他又没有全发昏，有时虽然着急，有时却也泰然；他意思之间，似乎觉得人生天地间，大约本来有时也未免要杀头的。

他还认得路，于是有些诧异了：怎么不向着法场走呢？他不知道这是在游街，在示众。但即使知道也一样，他不过便以为人生天地间，大约本来有时也未免要游街要示众罢了。

他省悟了，这是绕到法场去的路，这一定是"嚓"

丁聪插图（二十）

的去杀头。他惘惘的向左右看，全跟着蚂蚁似的人，而在无意中，却在路旁的人丛中发现了一个吴妈。很久违，伊原来在城里做工了。阿Q忽然很羞愧自己没志气：竟没有唱几句戏。他的思想仿佛旋风似的在脑里一回旋：《小孤孀上坟》欠堂皇，《龙虎斗》里的“悔不该……”也太乏，还是“手执钢鞭将你打”吧。他同时想将手一扬，才记得这两手原来都捆着，于是“手执钢鞭”也不唱了。

“过了二十年又是一个……”阿Q在百忙中，“无师自通”的说出半句从来不说的话。

“好！！！”从人丛里，便发出豺狼的嗥叫一般的声音来。

车子不住的前行，阿Q在喝彩声中，轮转眼睛去看吴妈，似乎伊一向并没有见他，却只是出神的看着兵们背上的洋炮。

阿Q于是再看那些喝彩的人。

这刹那中，他的思想又仿佛旋风似的在脑里一回旋了。四年之前，他曾在山脚下遇见一只饿狼，永是不近不远的跟定他，要吃他的肉。他那时吓得几乎要死，幸而手里有一柄斫柴刀，才得仗这壮了胆，支持到未庄；可是永远记得那狼眼睛，又凶又怯，闪闪的像两颗鬼火，似乎远远的来穿透了他的皮肉。而这回他又看见从来没有见过的更可怕的眼睛了，又钝又锋利，不但已经咀嚼了他的话，并且还要咀嚼他皮肉以外的东西，永是不远不近的跟他走。

这些眼睛似乎连成一气，已经在那里咬他的灵魂。

“救命……”

然而阿Q没有说。他早就两眼发黑，耳朵里嗡的一声，觉得全身仿佛微尘似的迸散了。

至于当时的影响，最大的倒反在举人老爷，因为终于没有追赃，他全家都号咷了。其次是赵府，非特秀才因为上城去报官，被不好的革命党剪了辫子，而且又破费了二十千的赏钱，所以全家也号咷了。从这一天以来，他们便渐渐的都发生了遗老的气味。

至于舆论，在未庄是无异议，自然都说阿Q坏，被枪毙便是他的坏的证据；不坏又何至于被枪毙呢？而城里的舆论却不佳，他们多半不满足，以为枪毙并无杀头这般好看；而且那是怎样的一个可笑的死囚呵，游了那么久的街，竟没有唱一句戏：他们白跟一趟了。

编者注：

《阿Q正传》于1921年12月4日至1922年2月12日每周或隔周之星期日连载于北京《晨报副镌》（即《晨报副刊》），先后列入《开心话》《新文艺》《文艺》等栏目，署名巴人。1922年收入小说集《呐喊》。

据《鲁迅全集》（人民文学出版社2005年11月版）等通行版本，第一章一般题为“序”，本书根据《晨报副镌》所刊原貌更题为“这一章算是序”。第一章中所称“迭更司”今一般译作狄更斯，19世纪英国小说家。除“的”“得”“地”外，“喝采”“桩家”等旧有词语及标点据现行出版规范径改。

鲁迅谈《阿Q正传》

忽然想到（九）

记得有人说过，回忆多的人们是没出息的了，因为他眷念从前，难望再有勇猛的进取；但也有说回忆是最为可喜的。前一说忘却了谁的话，后一说大概是A.France吧——都由他。可是他们的话也都有些道理，整理起来，研究起来，一定可以消费许多工夫；但这都听凭学者们去干去，我不想来加入这一类高尚事业了，怕的是毫无结果之前，已经“寿终正寝”。（是否真是寿终，真在正寝，自然是没有把握的，但此刻不妨写得好看一点。）我能谢绝研究文艺的酒宴，能远避开除学生的饭局，然而阎罗大王的请帖，大概是终于没法“谨谢”的，无论你怎样摆架子。好，现在是并非眷念过去，而是遥想将来了，可是一样的没出息。管他娘的，写下去——

不动笔是为要保持自己的身份，我近来才知道；可是动笔的九成九是为自己来辩护，则早就知道的了，至少，我自己就这样。所以，现在要写出来的，也不过是为自己的一封信——

FD君：

记得一年或两年之前，蒙你赐书，指摘我在《阿Q正传》中写捉拿一个无聊的阿Q而用机关枪，是太远于事理。我当时没有答复你，一则你信上不写住址，二则阿Q已经捉过，我不能再邀你去看热闹，共同证实了。

但我前几天看报章，便又记起了你。报上有一则新闻，大意是学生要到执政府去请愿，而执政府已于事前得知，东门上添了军队，西门上还摆起两架机关枪，学生不得入，终于无结果而散去。你如果还在北京，何妨远远地——愈远愈好——去望一望呢，倘使真有两架，那么，我就“振振有词”了。

夫学生的游行和请愿，由来久矣。他们都是“郁郁乎文哉”，不但绝无炸弹和手枪，并且连九节钢鞭、三尖两刃刀也没有，更何况丈八蛇矛和青龙偃月刀乎？至多，“怀中一纸书”而已，所以向来就没有闹过乱子的历史。现在可是已经架起机关枪来了，而且有两架！

但阿Q的事件却大得多了，他确曾上城偷过东西，未庄也确已出了抢案。那时又还是民国元年，那些官吏，办事自然比现在更离奇。先生！你想：这是十三年前的事呵。那时的事，我以为即使在《阿Q正传》中再给添上一混成旅和八尊过山炮，也不至于“言过其实”的吧。

请先生不要用普通的眼光看中国。我的一个朋友从印度回来，说，那地方真古怪，每当自己走过恒河边，就觉得还要防被捉去杀掉而祭天。我在中国也时时起这一类的恐惧。普通认为romantic的，在中国是平常事；机关枪不装在土谷祠外，还装到哪里去呢？

一九二五年五月十四日，鲁迅上。

编者注:

本文发表于1925年5月19日《京报副刊》。选自《华盖集》，为《忽然想到（七至九）》之一部分。

俄文译本《阿Q正传》序

这在我是很应该感谢，也是很觉得欣幸的事，就是：我的一篇短小的作品，仗着深通中国文学的王希礼（B. A. Vassiliev）先生的翻译，竟得展开在俄国读者的面前了。

我虽然已经试做，但终于自己还不能很有把握，我是否真能够写出一个现代的我们国人的魂灵来。别人我不得而知，在我自己，总仿佛觉得我们人人之间各有一道高墙，将各个分离，使大家的心无从相印。这就是我们古代的聪明人，即所谓圣贤，将人们分为十等，说是高下各不相同。其名目现在虽然不用了，但那鬼魂却依然存在，并且，变本加厉，连一个人的身体也有了等差，使手对于足也不免视为下等的异类。造化生人，已经非常巧妙，使一个人不会感到别人的肉体上的痛苦了，我们的圣人和圣人之徒却又补了造化之缺，并且使人们不再会感到别人的精神上的痛苦。

我们的古人又造出了一种难到可怕的一块一块的文字；但我还并不十分怨恨，因为我觉得他们倒并不是故意的。然而，许多人却不能借此说话了，加以古训所筑成的高墙，更使他们连想也不敢想。现在我们所能听到的，不过是几个圣人之徒的意见和道理，为了他们自己；至于百姓，却就默默的生长，萎黄，枯死了，像压在大石底下的草一样，已经有四千年！

要画出这样沉默的国民的魂灵来，在中国实在算一件难事，因为，已经说过，我们究竟还是未经革新的古国的人民，所以也还是各不相通，并且连自己的手也几乎不懂自己的足。我虽然竭力想摸索人们的魂灵，但时时总自憾有些隔膜。在将来，围在高墙里面的一切人众，该会自己觉醒，走出，都来开口的吧，而现在还少见，所以我也只得依了自己的觉察，孤寂地姑且将这些写出，作为在我的眼里所经过的中国的人生。

我的小说出版之后，首先收到的是一个青年批评家的谴责；后来，也有以为是病的，也有以为滑稽的，也有以为讽刺的；或者还以为冷嘲，至于使我自己也要疑心自己的心里真藏着可怕的冰块。然而我又想，看人生是因作者而不同，看作品又因读者而不同，那么，这一篇在毫无“我们的传统思想”的俄国读者的眼中，也许又会照见别样的情景的吧，这实在是使我觉得很有意味的。

一九二五年五月二十六日，于北京。鲁迅。

编者注：

本文发表于 1925 年 6 月《语丝》周刊第 31 期。选自《集外集》，为《俄文译本〈阿 Q 正传〉序及著者自叙传略》之一部分。

《阿Q正传》的成因

在《文学周报》二五一期里，西谛先生谈起《呐喊》，尤其是《阿Q正传》。这不觉引动我记起了一些小事情，也想借此来说一说，一则也算是做文章，投了稿；二则还可以给要看的人去看去。

我先要抄一段西谛先生的原文——

> 这篇东西值得大家如此的注意，原不是无因的。但也有几点值得商榷的，如最后“大团圆”的一幕，我在《晨报》上初读此作之时，即不以为然，至今也还不以为然，似乎作者对于阿Q之收局太匆促了；他不欲再往下写了，便如此随意的给他一个“大团圆”。像阿Q那样的一个人，终于要做起革命党来，终于受到那样大团圆的结局，似乎连作者

他自己在最初写作时也是料不到的。至少在人格上似乎是两个。

阿Q是否真要做革命党，即使真做了革命党，在人格上是否似乎是两个，现在姑且勿论。单是这篇东西的成因，说起来就要很费功夫了。我常常说，我的文章不是涌出来的，是挤出来的。听的人往往误解为谦逊，其实是真情。我没有什么话要说，也没有什么文章要做，但有一种自害的脾气，是有时不免呐喊几声，想给人们去添点热闹。譬如一匹疲牛吧，明知不堪大用的了，但废物何妨利用呢，所以张家要我耕一弓地，可以的；李家要我挨一转磨，也可以的；赵家要我在他店前站一刻，在我背上贴出广告道：敝店备有肥牛，出售上等消毒滋养牛乳。我虽然深知道自己是怎么瘦，又是公的，并没有乳，然而想到他们为张罗生意起见，情有可原，只要出售的不是毒药，也就不说什么了。但倘若用得我太苦，是不行的，我还要自己觅草吃，要喘气的工夫；要专指我为某家的牛，将我关在他的牛牢内，也不行的，我有时也许还要给别家挨几转磨。如果连肉都要出卖，那自然更不行，理由自明，无须细说。倘遇到上述的三不行，我就跑，或者索性躺在荒山里。即使因此忽而从深刻变为浅薄，从战士化为畜生，吓我以康有为，比我以梁启超，也都满不在乎，还是我跑我的，我躺我的，决不出来再上当，因为我于“世故”实在是太深了。

近几年《呐喊》有这许多人看，当初是万料不到的，而且连料也没有料。不过是依了相识者的希望，要我写一点东西就写一点东西。也不很忙，因为不很有人知道鲁迅就是我。我所用的笔名也不止一个：LS，神飞，唐俟，某生者，雪之，风声；更以前还有：自树，索士，令飞，迅行。鲁迅就是承迅行而来的，因为那时的《新青年》编辑者不愿意有别号一般的署名。

现在是有人以为我想做什么狗首领了，真可怜，侦察了百来回，竟还不明白。我就从不曾插了鲁迅的旗去访过一次人；“鲁迅即周树人”，是别人查出来的。这些人有四类：一类是为要研究小说，因而要知道作者的身世；一类单是好奇；一类是因为我也做短评，所以特地揭出来，想我受点祸；一类是以为于他有用处，想要钻进来。

那时我住在西城边，知道鲁迅就是我的，大概只有《新青年》《新潮》社里的人们吧；孙伏园也是一个。他正在晨报馆编副刊。不知是谁的主意，忽然要添一栏称为“开心话”的了，每周一次。他就来要我写一点东西。

阿Q的影像，在我心目中似乎确已有了好几年，但我一向毫无写他出来的意思。经这一提，忽然想起来了，晚上便写了一点，就是第一章：序。因为要切“开心话”这题目，就胡乱加上些不必有的滑稽，其实在全篇里也是不相称的。署名是“巴人”，取“下里巴人”，并不高雅的意思。谁料这署名又闯了祸了，但我却一向不知道，今年在《现代评论》上看见涵庐（即高一涵）的《闲话》才知道的。那大略是——

……我记得当《阿Q正传》一段一段陆续发表的时候，有许多人都栗栗危惧，恐怕以后要骂到他的头上。并且有一位朋友，当我面说，昨日《阿Q

正传》上某一段仿佛就是骂他自己。因此便猜疑《阿Q正传》是某人作的，何以呢？因为只有某人知道他这一段私事。……从此疑神疑鬼，凡是《阿Q正传》中所骂的，都以为就是他的阴私；凡是与登载《阿Q正传》的报纸有关系的投稿人，都不免做了他所认为《阿Q正传》的作者的嫌疑犯了！等到他打听出来《阿Q正传》的作者名姓的时候，他才知道他和作者素不相识，因此，才恍然自悟，又逢人声明说不是骂他。（第四卷第八十九期）

我对于这位“某人”先生很抱歉，竟因我而做了许多天嫌疑犯。可惜不知是谁，“巴人”两字很容易疑心到四川人身上去，或者是四川人吧。直到这一篇收在《呐喊》里，也还有人问我：你实在是在骂谁和谁呢？我只能悲愤，自恨不能使人看得我不至于如此下劣。

第一章登出之后，便“苦”字临头了，每七天必须做一篇。我那时虽然并不忙，然而正在做流民，夜晚睡在做通路的屋子里，这屋子只有一个后窗，连好好的写字地方也没有，哪里能够静坐一会儿，想一下。伏园虽然还没有现在这样胖，但已经笑嘻嘻，善于催稿了。每星期来一回，一有机会，就是："先生，《阿Q正传》……明天要付排了。"于是只得做，心里想着："俗语说：'讨饭怕狗咬，秀才怕岁考。'我既非秀才，又要周考，真是为难……"然而终于又一章。但是，似乎渐渐认真起来了；伏园也觉得不很"开心"，所以从第二章起，便移在《新文艺》栏里。

这样地一周一周挨下去，于是乎就不免发生阿Q可要做革命党的问题了。据我的意思，中国倘不革命，阿Q便不做，既然革命，就会做的。我的阿Q的运命，也只能如此，人格也恐怕并不是两个。民国元年已经过去，无可追踪了，但此后倘再有改革，我相信还会有阿Q似的革命党出现。我也很愿意如人们所说，我只写出了现在以前的或一时期，但我还恐怕我所看见的并非现代的前身，而是其后，或者竟是二三十年之后。其实这也不算辱没了革命党，阿Q究竟已经用竹筷盘上他的辫子了；此后十五年，长虹"走到出版界"，不也就成为一个中国的“绥惠略夫”了吗？

《阿Q正传》大约做了两个月，我实在很想收束了，但我已经记不大清楚，似乎伏园不赞成，或者是我疑心倘一收束，他会来抗议，所以将“大团圆”藏在心里，而阿Q却已经渐渐向死路上走。到最末的一章，伏园倘在，也许会压下，而要求放阿Q多活几星期的吧。但是“会逢其适”，他回去了，代庖的是何作霖君，于阿Q素无爱憎，我便将“大团圆”送去，他便登出来。待到伏园回京，阿Q已经枪毙了一个多月了。纵令伏园怎样善于催稿，如何笑嘻嘻，也无法再说“先生，《阿Q正传》……”从此我总算收束了一件事，可以另干别的去。另干了别的什么，现在也已经记不清，但大概还是这一类的事。

其实“大团圆”倒不是“随意”给他的；至于初写时可曾料到，那倒确乎也是一个疑问。我仿佛记得：没有料到。不过这也无法，谁能开首就料到人们的“大团圆”？不但对于阿Q，连我自己将来的“大团圆”，我就料不到究竟是怎样。终于是“学者”或“教授”

乎？还是“学匪”或“学棍”呢？“官僚”乎，还是“刀笔吏”呢？“思想界之权威”乎？抑“思想界先驱者”乎？抑又“世故的老人”乎？“艺术家”？“战士”？抑又是见客不怕麻烦的特别“亚拉籍夫”乎？乎？乎？乎？乎？

但阿Q自然还可以有各种别样的结果，不过这不是我所知道的事。

先前，我觉得我很有写得“太过”的地方，近来却不这样想了。中国现在的事，即使如实描写，在别国的人们，或将来的好中国的人们看来，也都会觉得grotesk。我常常假想一件事，自以为这是想得太奇怪了；但倘遇到相类的事实，却往往更奇怪。在这事实发生以前，以我的浅见寡识，是万万想不到的。

大约一个多月以前，这里枪毙一个强盗，两个穿短衣的人各拿手枪，一共打了七枪。不知道是打了不死呢，还是死了仍然打，所以要打得这么多。当时我便对我的一群少年同学们发感慨，说：这是民国初年初用枪毙的时候的情形；现在隔了十多年，应该进步些，无须给死者这么多的苦痛。北京就不然，犯人未到刑场，刑吏就从后脑一枪，结果了性命，本人还来不及知道已经死了呢。所以北京究竟是“首善之区”，便是死刑，也比外省的好得远。

但是前几天看见十一月二十三日的北京《世界日报》，又知道我的话并不的确了，那第六版上有一条新闻，题目是《杜小拴子刀铡而死》，共分五节，现在摘录一节在下面——

▲杜小拴子刀铡余人枪毙　　先时，卫戍司令部因为从了毅军各兵士的请求，决定用“枭首刑”，所以杜等不曾到场以前，刑场已预备好了铡草大刀一把了。刀是长形的，下边是木底，中缝有厚大而锐利的刀一把，刀下头有一孔，横嵌木上，可以上下的活动，杜等四人入刑场之后，由招扶的兵士把杜等架下刑车，就叫他们脸冲北，对着已备好的刑桌前站着。……杜并没有跪，有外右五区的某巡官去问杜：要人把着不要？杜就笑而不答，后来就自

己跑到刀前，自己睡在刀上，仰面受刑，先时行刑兵已将刀抬起，杜枕到适宜的地方后，行刑兵就合眼猛力一铡，杜的身首，就不在一处了。当时血出极多。在旁边跪等枪决的宋振山等三人，也各偷眼去看，中有赵振一名，身上还发起颤来。后由某排长拿手枪站在宋等的后面，先毙宋振山，后毙李有三、赵振，每人都是一枪毙命。……先时，被害程步墀的两个儿子忠智、忠信，都在场观看，放声大哭，到各人执刑之后，去大喊：爸！妈呀！你的仇已报了！我们怎么办哪？听的人都非常难过，后来由家族引导着回家去了。

假如有一个天才，真感着时代的心搏，在十一月二十二日发表出记叙这样情景的小说来，我想，许多读者一定以为是说着包龙图爷爷时代的事，在西历十一世纪，和我们相差将有九百年。

这真是怎么好……

至于《阿Q正传》的译本，我只看见过两种。法文的登在八月份的《欧罗巴》上，还只三分之一，是有删节的。英文的似乎译得很恳切，但我不懂英文，不能说什么。只是偶然看见还有可以商榷的两处：一是“三百大钱九二串”当译为“三百大钱，以九十二文作为一百”的意思；二是“柿油党”不如译音，因为原是“自由党”，乡下人不能懂，便讹成他们能懂的“柿油党”了。

十二月三日，在厦门写。

编者注：

本文写于 1926 年，发表于 1926 年 12 月上海《北新》周刊第 18 期。选自《华盖集续编》。

致王乔南信二封

一

乔南先生：

顷奉到五日来信，谨悉种种。我的作品，本没有不得改作剧本之类的高贵性质，但既承下问，就略陈意见如下：

我的意见，以为《阿Q正传》，实无改编剧本及电影的要素，因为一上演台，将只剩了滑稽，而我之作此篇，实不以滑稽或哀怜为目的，其中情景，恐中国此刻的“明星”是无法表现的。

况且诚如那位影剧导演者所言，此时编制剧本，须偏重女角，我的作品，也不足以值这些观众之一顾，还是让它“死去”吧。

匆复，并颂

曼福。

迅　启上　十月十三日

再：我也知道先生编后，未必上演，但既成剧本，便有上演的可能，故答复如上也。

二

乔南先生：

顷奉到六日来信，知道重编阿Q剧本的情形，实在恰如目睹了好的电影一样。

前次因为承蒙下问，所以略陈自己的意见。此外别无要保护阿Q，或一定不许先生编制印行的意思，先生既然要做，请任便就是了。

至于表演摄制权，那是西洋——尤其是美国——作家所看作宝贝的东西，我还没有欧化到这步田地。它化为《女人与面包》以后，就算与我无干了。

电影我是不懂得其中的奥妙的。寄来的大稿，恐未

曾留有底稿，故仍奉还。此复，即颂

时绥。

迅　启上　十一月十四夜

编者注：

两封信写于 1930 年。王乔南曾改编《阿 Q 正传》为电影剧本《女人与面包》（署名力工）。

答《戏》周刊编者信

鲁迅先生鉴：

《阿Q》的第一幕已经登完了，搬上舞台实验虽还不是马上可以做到，但我们的准备工作是就要开始发动了。我们希望你能在第一幕刚登完的时候先发表一点意见，一方面对于我们的公演准备或者也有些帮助，另方面本刊的丛书计划一实现也可以把你的意见和《阿Q》剧本同时付印当作一篇序。这是编者的要求，也是作者、读者和演出的同志们的要求。

祝健！

编者

编辑先生——

在《戏》周刊上给我的公开信，我早看见了；后来又收到邮寄的一张周刊，我知道这大约是在催促我的答复。对于戏剧，我是毫无研究的，我的最可靠的答复，是一声也不响。但如果先生和读者们都肯预先了解我不过是一个外行人的随便谈谈，那么，我自然也不妨说一点我个人的意见。

《阿Q》在每一期里，登得不多，每期相隔又有六天，断断续续的看过，也陆陆续续的忘记了。现在回忆起来，只记得那编排，将《呐喊》中的另外的人物也插进去，以显示未庄或鲁镇的全貌的方法，是很好的。但阿Q所说的绍兴话，我却有许多地方看不懂。

现在我自己想说几句的，有两点——

一、未庄在哪里？《阿Q》的编者已经决定：在绍兴。我是绍兴人，所写的背景又是绍兴的居多，对于这决定，大概是谁都同意的。但是，我的一切小说中，指明着某处的却少得很。中国人几乎都是爱护故乡、奚落别处的大英雄，阿Q也很有这脾气。那时我想，假如写一篇暴露小说，指定事情是出在某处的吧，那么，某处人恨得不共戴天，非某处人却无异隔岸观火，彼此都不反省，一班人咬牙切齿，一班人却飘飘然，不但作品的意义和作用完全失掉了，还要由此生出无聊的枝节来，大家争一通闲气——《闲话扬州》是最近的例子。为了医病，方子上开人参，吃法不好，倒落得满身浮肿，用萝卜子来解，这才恢复了先前一样的瘦，人参白买了，还空空的折贴了萝卜子。人名也一样，古今文坛消息家，往往以为有些小说的根本是在报私仇，所以一定要穿凿书上的谁，就是实际上的谁。为免除这些才子学者的白费心思，另生枝节起见，我就用"赵太爷""钱大爷"，是《百家姓》上最初的两个字；至于阿Q的姓呢，谁也不十分了然。但是，那时还是发生了谣言。还有排行，因为我是长男，下有两个兄弟，为预防谣言家的毒舌起见，我的作品中的坏角色，是没有一个不是老大，或老四、老五的。

上面所说那样的苦心，并非我怕得罪人，目的是在消灭各种无聊的副作用，使作品的力量较能集中，发挥得更强烈。果戈理作《巡按使》，使演员直接对看客道："你们笑自己！"（奇怪的是中国的译本，却将这极要紧的一句删去了。）我的方法是在使读者摸不着在写自己以外的谁，一下子就推诿掉，变成旁观者，而疑心到像是写自己，又像是写一切人，由此开出反省的道路。但我看历来的批评家，是没有一个注意到这一点的。这回编者的对于主角阿Q所说的绍兴话，取了这样随手胡调的态度，我看他的眼睛也是为俗尘所蔽的。

但是，指定了绍兴也好。于是跟着起来的是第二个问题——

二、阿Q该说什么话？这似乎无须问，阿Q一生的事情既然出在绍兴，他当然该说绍兴话。但是第三个疑问接着又来了——

三、《阿Q》是演给哪里的人们看的？倘是演给绍兴人看的，他得说绍兴话无疑。绍兴戏文中，一向是官员秀才用官话，堂倌狱卒用土话的，也就是生、旦、净大抵用官话，丑用土话。我想，这也并非全为了用这来区别人的上下、雅俗、好坏，还有一个大原因，是警句或炼话，讥刺和滑稽，十之九是出于下等人之口的，所以他必用土话，使本地的看客们能够彻底的了解。那么，这关系之重大，也就可想而知了。其实，倘使演给绍兴的人们看，别的角色也大可以用绍兴话，因为同是绍兴话，所谓上等人和下等人说的也并不同，大抵前者句子简，语助词和感叹词少；后者句子长，语助词和感叹词多，同一意思的一句话，可以冗长到一倍。但如演给别处的人们看，这剧本的作用却减弱，或者简直完全消失了。据我所留心观察，凡有自以为深通绍兴话的外县人，他大抵是像目前标点明人小品的名人一样，并不怎么懂得的；至于北方或闽粤人，我恐怕他听了之后，不会比听外国马戏里的打诨更有所得。

我想，普遍、永久、完全，这三件宝贝，自然是了不得的，不过也是作家的棺材钉，会将他钉死。譬如现在的中国，要编一本随时随地无不可用的剧本，其实是不可能的，要这样编，结果就是编不成。所以我以为现在的办法，只好编一种对话都是比较的容易了解的剧本，倘在学校之类这些地方扮演，可以无须改动，如果到某一省县、某一乡村里面去，那么，这本子就算是一个底本，将其中的说白都改为当地的土话，不但语言，就是背景、人名，也都可变换，使看客觉得更加切实。譬如吧，如果这演剧之处并非水村，那么，航船可以化为大车，七斤也可以叫作“小辫儿”的。

我的意见说完了，总括一句，不过是说，这剧本最好是不要专化，却使大家可以活用。

临末还有一点尾巴，当然决没有叭儿君的尾巴的有趣。这是我十分抱歉的，不过还是非说不可。记得几个月之前，曾经回答过一个朋友的关于大众语的质问，这信后来被发表在《社会月报》上了，末了是杨邨人先生的一篇文章。一位绍伯先生就在《火炬》上说我已经和杨邨人先生调和，并且深深的感慨了一番中国人之富于调和性。这一回，我的这一封信，大约也要发表的吧，但我记得《戏》周刊上已曾发表过曾今可、叶灵凤两位先生的文章；叶先生还画了一幅阿Q像，好像我那一本《呐喊》还没有在上茅厕时候用尽，倘不是多年便秘，那一定是又买了一本新的了。如果我被绍伯先生的判决所震慑，这回是应该不敢再写什么的，但我想，也不必如此。只是在这里要顺便声明：我并无此种权力，可以禁止别人将我的信件在刊物上发表，而且另外还有谁的文章，更无从预先知道，所以对于同一刊物上的任何作者，都没有表示调和与否的意思；但倘有同一营垒中人，化了装从背后给我一刀，则我的对于他的憎恶和鄙视，是在明显的敌人之上的。

这倒并非个人的事情，因为现在又到了绍伯先生可以施展老手段的时候，我若不声明，则我所说过的各节，纵非买办意识，也是调和论了，还有什么意思呢？

专此布复，即请文安。

鲁迅。十一月十四日。

编者注：

本文写于 1934 年，发表于 1934 年 11 月上海《中华日报》副刊之《戏》周刊。选自《且介亭杂文》。

寄《戏》周刊编者信

编辑先生：

今天看《戏》周刊第十四期，《独白》上“抱憾”于不得我的回信，但记得这信已于前天送出了，还是病中写的，自以为巴结得很，现在特地声明，算是讨好之意。

在这周刊上，看了几个阿Q像，我觉得都太特别，有点古里古怪。我的意见，以为阿Q该是三十岁左右，样子平平常常，有农民式的质朴，愚蠢，但也很沾了些游手之徒的狡猾。在上海，从洋车夫和小车夫里面，恐怕可以找出他的影子来的，不过没有流氓样，也不像瘪三样。只要在头上给戴上一顶瓜皮小帽，就失去了阿Q，我记得我给他戴的是毡帽。这是一种黑色的、半圆形的东西，将那帽边翻起一寸多，戴在头上的；

上海的乡下，恐怕也还有人戴。

报上说要图画，我这里有十张，是陈铁耕君刻的，今寄上，如不要，仍请寄回。他是广东人，所用的背景有许多大约是广东。第二、第三之二、第五、第七这四幅，比较刻得好。第三之一和本文不符。第九更远于事实，那时哪里有摩托车给阿Q坐呢？该是大车，有些地方叫板车，是一种马拉的四轮的车，平时是载货物的。但绍兴也并没有这种车，我用的是那时的北京的情形，我在绍兴其实并未见过这样的盛典。

又，今天的《阿Q正传》上说："小D大约是小董吧？"并不是的。他叫"小同"，大起来，和阿Q一样。

专此布达，并请撰安。

鲁迅上。十一月十八日。

编者注：

本文写于1934年，与《答〈戏〉周刊编者信》同期刊于《戏》周刊。选自《且介亭杂文》。

致沈西苓信

西苓先生：

惠示谨悉。我今年接连生病，自己能起坐写字，还是最近的事。

左联初成立时，洪深先生曾谓要将《阿Q正传》编为电影，但事隔多年，约束当然不算数了。我现在的意思，以为××××××乃是天下第一等蠢物，一经他们××，作品一定遭殃，还不如远而避之的好。况且《阿Q正传》的本意，我留心各种评论，觉得能了解者不多，搬上银幕以后，大约也未免隔膜，供人一笑，颇亦无聊，不如不作也。

专此即复，即请

暑安。

鲁迅　七月十九日

编者注:

该信写于1936年，手迹图刊于1936年11月《电影戏剧》。据相关资料，信中两处空字系《电影戏剧》编者所删，按追忆，大略是“电影检查老爷”“毒手”。

另外，除前文已收录者外，鲁迅先生在1927年8月8日致章廷谦信中曾语及《阿Q正传》:“……他用这样的方法吓我是枉然的；他不知道我当做《阿Q正传》到Q被捉时，做不下去了，曾想装作酒醉去打巡警，得一点牢监里的经验。”1934年前后致信木刻作者刘岘论及刘岘所刻像时说:“阿Q的像，在我的心目中流氓气还要少一点，在我们那里有这么凶相的人物，就可以吃闲饭，不必给人家做工了，赵太爷可如此。”

毕飞宇解读《阿Q正传》

沿着圆圈的内侧，从胜利走向胜利

一、小说的体制常识

我们先来谈一点小说体制的常识。《阿Q正传》是作为连载小说首发的，1921年12月4日至1922年2月12日连载于《晨报》副刊，约3.3万字。依照我们当代小说的体制标准，3万字以下的叫短篇小说，13万字以上的叫长篇小说，3万字到13万字之间的当然是中篇小说。然而，从文学史的角度来看，这个“当然”却并不当然。——如果我们的手头有一本《阿Q正传》最早的单行本，我们会发现，《阿Q正传》标明的是“长篇小说”。“长篇小说”这个称呼明白无误地告诉我们，在鲁迅的时代，中篇小说这个概念尚不存在。事实上，在世界范围内，中篇小说这个说法也几乎不存在。以英语世界为例，小说，也叫虚构，它是Fiction，往下分，短篇小说叫Short story，长篇小说则叫Novel。Long-short story则是一个很不规范的说法，勉强可以翻译成中篇小说。事实上，西方的从业人员几乎不怎么使用Long-short story这个概念，喜欢读英语小说的同学可以到图书馆去查一查，你们会发现，许多当代中国的中篇小说翻译成英语之后，封面上标注的都是Novel，其他的语种所使用的，也都是和Novel相对应的那个概念。

中国的当代文学可以自豪一下：让中篇小说合法化、使中篇小说提升到一个新高度的，正是中国的当代文学。中国的当代文学有一个显性标志：期刊的发展特别地迅猛，数量巨大，这里头就包括大型的双月刊。可以这样说，从20世纪70年代末期算起，没有一个国家的文学期刊在数量上能够比得上中国。那么多的月刊、双月刊，靠什么去填满它们呢？中篇小说就这样应运而生了。中篇小说的发展和壮大，构成了中国当代文学另一个显性的标志。

文学史告诉我们，鲁迅是现代白话小说的奠基人。如果我们往细里说，鲁迅不仅是现代汉语短篇小说的肇始者，也是现代汉语中篇小说的祖师爷。我们的“中篇小说”就是从《阿Q正传》起步的，是《阿Q正传》为我们提供了“中篇小说”的体制模式，或者说美学范式。毫无疑问，《阿Q正传》拥有史学的和美学的双重地位。

二、小脚和小腿

我首先来谈谈《阿Q正传》的序。这个序很有意思，这个“意思”就在它的隐喻性。

要给一个人做传，三大件必须要满足，也就是小说里所说的“某，字某，某地人也”。鲁迅想给阿Q写传，阿Q同样必须满足这三大件。然而，经过鲁迅先生的一番考证，情况很不妙，阿Q这个人物出现了三个反向的特点：无姓，无名，无籍贯。

大家想过没有，鲁迅为什么要把阿Q写成一个三无产品呢？

去年秋天我在这里讲过大先生的《故乡》，当时我就说过，鲁迅的情怀是巨大的，落实到小说上，那就是贪大，鲁迅是一个贪大的作家。事实上，就本质而言，鲁迅并不是一个小说家，而是一个思想上的革新者。在鲁迅的眼里，小说算个什么东西呢？我再强调一遍，在鲁迅的时代，小说和小说家都没有取得今天的地位，很不入流。鲁迅先生可是放下了身段才“做起小说”来的，他写小说其实就是“下海”。是什么逼着大先生放下身段的呢？是启蒙。大先生是一个渴望着面对整个民族呐喊的公共知识分子，这样的知识分子就不能待在象牙塔里，就不能太有“身段”，所以，第一，他“白话”了；第二，他“做起小说”来了。启蒙才是鲁迅的真使命。

《阿Q正传》写于1921年。我们都知道，1921年的中国充满了焦虑。从1840年算起，这焦虑已经持续了80年。在80年的时段里，关于中国，最重要的一个词就是“侮辱”。那么，中国如何才能御侮呢？许许多多的中国知识分子都在面对这个问题，这是一个具体的问题，更是一个迫切的问题。可以这样说，一部《阿Q正传》，其实就是一部关于“侮辱”的小说，骨子里也是一部关于“御侮”的小说。附带说一句，有一个问题我们必须考虑进去，还是关于侮辱的，——昨天我还是大爷，一觉醒来我怎么就成了孙子了？这是一个巨大的反差，当时的中国就处在这样的一个反差里头。关于“爷”和“孙子”，我先放在这里，我在后面再说。

极端一点说，一部中国的近代思想史，某种程度上就是方法论的历史——御侮的方法论。换言之，中国该做些什么？中国能做些什么？不同的人给出了不同的答案和不同的侧重：师夷，体用，洋务，实业，科学，废科举，共和，解放生产力，头绪很多。在解放生产力这个问题上，康有为和梁启超是了不起的，他们睿智的双眼盯住了一样东西——中国女人的三寸金莲。他们发现，中国女性的“三寸金莲”一旦变成“解放脚”，女性立马就可以变成生产力，换言之，中国的生产力就可以提升一倍，中国的GDP也许就可以提升一倍。——

对中国的命运来说，如何御侮，女性的双脚才是真正的“内需”。

可是，1924年，鲁迅却拉出了一个特殊的女人，她叫祥林嫂。关于祥林嫂，鲁迅在《祝福》里是这么说的：她“整天的做”，“简直抵得过一个男子”。在这两句话的前面鲁迅还有一句话，叫“手脚都壮大”。祥林嫂“手脚都壮大”这句话很醒目，很有意味。请注意，祥林嫂不是小脚，是大脚。可是，大脚的祥林嫂只有一个结局——冻死骨。这起码说明了一个问题：大脚的奴才和小脚的奴才不可能有任何区别。所以，“小脚”的问题固然重要，“小腿”的问题却更重要。在这个问题上，鲁迅比康、梁前行了一大步。

私底下，我一直把鲁迅的哲学命名为“小腿的哲学”——你到底是跪着的还是站着的。鲁迅的一生其实就是为“小腿”的站立而努力的一生。那么，鲁迅又是如何去看待御侮的呢？这就有点得罪人了，鲁迅认为，只要“小腿”是跪着的，“洋奴”和“家奴”也没有区别。这句话狠哪，狠到骨子里去了，他道出了御侮本质——

先做“人”，先不做奴才，然后，我们才有资格谈御侮。

所以，关于御侮，鲁迅的态度十分明确，他着眼的不是方法论——不是师夷、体用和洋务，而是世界观——我们要不要做奴才。鲁迅为什么如此在意世界观呢？因为鲁迅有“故乡”，因为鲁迅太熟悉“故乡”的闰土和闰土们了。闰土和闰土们在精神上有一个特点：他们渴望做“奴才”，在奴性文化的驱动下，他们的内心有一种“奴性的自觉”。这个发现让鲁迅产生了无限的大苍凉。请注意，鲁迅发表《故乡》是1921年的1月，发表《阿Q正传》是1921年的12月，是同一年的一头一尾。作为一个写作多年的人，我很想说一件事，那就是写作的惯性，这个惯性也就是作品与作品之间的逻辑性。我常说，小说不是逻辑，但是，小说与小说之间有逻辑。这个特有的逻辑就是作家的价值体系，一个作家最宝贵的东西就在这里。总体上说，鲁迅写《故乡》的时候对“奴性的自觉”还保留那么一点情面，但是，他觉得不够，太含蓄，太优雅，他意犹未尽，他想撕破脸皮、酣畅淋漓地来个“大的”。我估计鲁迅写《阿

Q正传》的时候铆足了劲。我这样说是有依据的，在鲁迅的小说写作史上，《阿Q正传》的篇幅最长、场面最大、人物众多，最关键的是，气足，手稳，那是一个小说家的巅峰状态。面对“大多数”，甚至是“全部”，鲁迅鼓足了决绝的勇气，迸发了全部的才华，他骁勇无比。不做奴才的鲁迅很“大”、很“彪悍”；他以“大”对大，以“彪悍”对麻木，内心无比地恢宏。对奴才，他“一个也不宽恕”。作为读者，我想说，写《阿Q正传》的时候，鲁迅的心是覆盖的和碾压的，气吞万里如虎。

我敢武断地说，鲁迅压根就没想给“阿Q”好好地取一个“像样的”中文姓名，为此，这个惜墨如金的作家为了“三大件”，不惜写了那么长的一段序。就小说的结构而言，这个序的长度是不合适的，但是，很必要。只有有了这个序，阿Q的“三无”身份才能够合理。——鲁迅根本就不想让阿Q有“姓”、根本就不想让阿Q有“名”、根本就不想让阿Q有“籍贯”，由是，鲁迅保证了阿Q的抽象性。阿Q是“大多数”，甚至是“全部”，他是无所不在的。鲁迅需要这个。

反过来想一想，如果我们让阿Q叫“赵国富”或者“赵国强”，这有趣吗？很无趣，很无聊。虽说“赵国强”更具象。

抽象不只是哲学的事情，也是小说的事情。抽象即涵盖，抽象性即整体性。

三、伦理和肿瘤

鲁迅一共动用了两个章节来描述阿Q的“行状”，也就是第二章“优胜记略”和第三章“续优胜记略”。

阿Q的“行状”各异，但是，有一点是相同的：他受尽了侮辱。可是，无论遭到怎样的侮辱，最后的胜利者却永远都是阿Q。所以，阿Q也是御侮的，这就是所谓的“精神胜利法”。所以，阿Q的“行状”其实就是这样的一个等式：

行状＝侮辱＋御侮

我现在就想对具体的“行状”做一点分析，我们一个一个看过去。

第一，阿Q因为头上的癞疮疤和他人发生了口角，被人打了，——他用“儿子打老子”取得了胜利。

第二，正因为“儿子打老子”，阿Q占了人家的便宜，人家不答应，阿Q又被别人暴搓了一顿，——他用“第一个”敢于自轻自贱的“状元”完胜了对方。

第三，阿Q在赌场上赢了钱，不明就里就遭到了狂殴，钱没了，——阿Q用自残的办法取得了安慰。

补充一句，这三次的对手既是模糊的，也是具体的，他们是身份不明的“闲人”。

到了第三章，也就是“续优胜记略”，鲁迅描写了阿Q另外的三次行状：

第四，阿Q被王胡打了。

第五，阿Q被假洋鬼子打了。

第六，阿Q被小尼姑骂了。

鲁迅总共描绘了阿Q的六次受辱，也就是六次御侮。现在我有一个问题，鲁迅为什么要把它们分成两章呢？仅仅是为了篇幅上的平衡吗？写成一章可不可以？我的回答是：不可以。这不是一个篇幅上的平衡问题。

我们回过头来，先来看“优胜记略”，鲁迅写了一个人，也就是“闲人”，这些“闲人”在欺负阿Q。我们有理由把这些“闲人”看作黑恶势力。可是，到了“续优胜记略”，人物具体起来了，分别是王胡、假洋鬼子和小尼姑。我们分别看一看阿Q和他们的关系。

阿Q和王胡——

王胡的头上也有癞疮疤，这就和阿Q平起平坐了。但是，很不幸，他的脸上还有一圈络腮胡子。在阿Q看来，王胡比自己还不如。正因为王胡不如自己，阿Q开口便骂，这一骂，阿Q和王胡打了起来，最终却没能打赢。——阿Q的这次受辱，是因为他先欺负了比自己弱的人。

阿Q和假洋鬼子——

假洋鬼子是什么人呢？鲁迅说了，“钱太爷的大儿子，他先前跑上城里去进洋学堂，不知怎么又跑到东洋去了”。这句话很刁钻，它一下子就道明了假洋鬼子的两重身份：1. 富二代；2. 受到过良好的教育。假洋鬼子是一个有知识的人。作为穷人，阿Q仇视富二代我们是可以理解的，但是，他同时还仇视有知识的人——知识分子，这就匪夷所思了。阿Q对知识分子的仇恨是从哪里来的呢？鲁迅没有交代，反过来，鲁迅却交代了这种仇视的强度，这就很有意思了。我们可以把这种“不交代”或“强度”看作知识分子的原罪，阿Q必须仇视他们。阿Q的确被假洋鬼子打了，但是，注意，他侮辱假洋鬼子在先。——阿Q的这次受辱，是因为他天然地站在了知识分子的对立面。

阿Q和小尼姑——

小尼姑当然也有双重的身份：1. 女性；2. 异己。对待女性，对待异己分子，阿Q就更没有什么可客气的了。请大家留意一下，只有在欺负妇女和异己分子的时候阿Q才是真正的胜利者，为什么？他有合伙人，那些曾经欺负过阿Q的“闲人”。那些“闲人”统统站在了阿Q这一边。——阿Q的这次受辱，是因为阿Q对妇女和异己分子的欺压和亵渎。

现在，问题清晰了。鲁迅为什么要把阿Q的六大“行状”分开来写呢？是因为阿Q的六大“行状”、六次受辱、六次胜利所呈现出来的性质是不同的，甚至是相反的：1.他被侮辱；2.他侮辱别人。这两件事不在同一个叙事平面上，绝对不能把它们放在同一个叙事空间里头。相对于“优胜记略”，“续优胜记略”是小说内部的一个反转，它更是小说的递进，也是小说的深入。能深入的小说才可以抵达深刻。深刻不是你读了几本康德和海德格尔，更不是你学会了写几句佶屈聱牙的长句子。深刻是深入的状态，是深入的结果。这里头全是小说家的洞察力和表现力，当然也还有勇气。

附带说一句，好小说从来不“溜冰”，也就是说，好小说从来不会在同一个平面上做“花样表演”。有过写作经验的人都知道，任何一篇小说，它内部的时空非常有限，它极为宝贵，是小说的命脉。绝不能把小说的叙事时空浪费在信息的重复上。可以这样说，如果没有“续优胜记略”的那次反转，“优胜记略”充其量也就是一组油腔滑调的“小故事”。相反，由于有了这次反转，阿Q这个人一下子就立体了，我们不仅可以看到他“迎光”的那一面，我们还能看到他“背光”的那一面。最主要的是，我们从阿Q的两面看到了鲁迅的深刻。

话又要说回来，小说家的深刻毕竟不是哲学家的深刻，小说家的深刻更多地体现在小说的写作技术上，就《阿Q正传》而言，人物的出场就是技术，这是很讲究的，写作的人一点都不能乱。你把“续优胜记略”里的人物安排到“优胜记略”里去，小说马上就出问题，连接不上的。即使在“续优胜记略”这样一个小空间里，王胡——假洋鬼子——尼姑，这三个人物出场的次序也不能颠倒，一颠倒小说立即就会缺氧，小说即刻就会死。

那么，鲁迅深刻在哪里呢？

第一，鲁迅所描绘的阿Q在底层，如何去表现底层？一般的作家是这样做的——声情并茂地、“深刻”地揭示他的被侮辱与被损害，到此为止。大部分小说都是这样。鲁迅却直面人性，他面对了一个比底层更为重要的伦理问题，或者说精神的走向问题：一个人被侮辱、被损害了，他有可能在痛苦中涅槃，走向善良、互助和公正；也有可能正相反，变得更自私、更恶毒、更邪恶，阿Q就是这样。这个伦理问题为什么重要？因为它牵扯到受辱之后精神上的终点，而这个精神上的终点正是御侮的逻辑新起点。

第二，鲁迅告诉我们，阿Q有他与生俱来的天敌：1.比自己弱的人；2.比自己有知识的人；3.妇女或异己分子。请注意这三种人的逻辑关系，我们可以把这三种人的出场理解成鲁迅的精心选择，我们也可以把这三种人的出场理解成鲁迅对阿Q的基本认识，我们甚至可以把它理解成鲁迅对阿Q的基本判断。这个判断让读者恐惧。这三种人何以成为阿Q的天敌？这个问题值得深思。这是一个民族的、史性的问题。

我想说，中国的现代文学整体上是幼稚的，这个幼稚体现在一个文学逻辑上：只要你是被侮辱与被损害的，你的所作所为就拥有了天然的正义性和真理性。这是隐藏在中国现代文学内部的巨大肿瘤，非常遗憾，这个巨大的肿瘤到了中国的当代文学依然没有被切除。

很幸运，我们有鲁迅。鲁迅的存在大幅度地提升了中国现代文学的思想高度和美学品质。

四、作风问题和文化批判

刚才说了，“续优胜记略”里的小说人物是按照王胡——假洋鬼子——尼姑这个次序出场的。好吧，阿Q打不过王胡，只能到假洋鬼子那里找平衡，平衡没找到，那就去调戏小尼姑。那我们就来看看，鲁迅在描写小尼姑的同时，如何去兼顾小说的发展的。

在鲁迅的描绘中，小尼姑总共就对阿Q说了两句话，一句是“你怎么动手动脚的”，属于责问，理所当然；另一句则很特别，很劲暴，是小尼姑骂人，“断子绝孙的阿Q”。

如果我们分析一下具体的人物，考虑到小尼姑的性别、年纪、身份、处境，我会说，让小尼姑说一句“阿弥陀佛”更贴切一些，让小尼姑骂一句“臭流氓”也行。如果是我来写，真的有可能这样。再怎么说，小尼姑是个小姑娘，还是出家人，总是慈悲为怀的。鲁迅让小尼姑说“断子绝孙的阿Q”，就塑造人物而言，这是过分的。这已经不是骂人了，而是恶毒的诅咒，这样恶毒的诅咒和出家人的身份很不相符。

鲁迅为什么让小尼姑那样恶毒呢？

我们先来看一看小说的结尾，从小说的结尾往前面逆推。抛开小说的复杂性，就发展的脉络而言，阿Q是被当作抢劫犯而被处死的，其实是个替罪羊。为什么阿Q会成为替罪羊呢？因为阿Q有前科，他走过他乡，做过几天的盗贼——阿Q为什么要走他乡、做盗贼呢？因为他在未庄遇到了生计问题，活不下去——他为什么就活不下去了呢？因为他找不到工作。为什么他就找不到工作呢？因为没有人敢聘用他。为什么没有人敢聘用他呢？因为他的生活作风出了大问题。为什么他的生活作风出了大问题呢？因为他骚扰过吴妈，他想和吴妈“困觉”。他为什么要和吴妈困觉呢？因为他想有个孩子。他为什么想要一个孩子呢？小尼姑说了，“断子绝孙的阿Q”。

我们不需要再讨论了，答案是现成的。为了小说的发展，小尼姑不能说“臭流氓”，更不能念佛，小尼姑其实只有一句话可以讲，那就是“断子绝孙的阿Q”。我们常说，小说需要发展，可是，发展是动态，动态就必须解决驱动力的问题，小说一旦失去了驱动力，那就只能抛锚。相对于阿Q而言，“断子绝孙”这四个字就是驱动力。小尼姑“断子绝孙”这句话一出口，阿Q这台疯狂的引擎刹那间就会轰然作响，他就得飙，他风雨无阻，谁也刹不住他。

我们都是读者，读小说是顺着看的；可是，如果你想学习写，你就要学会倒着看。你只要倒着看，小说内部的秘密就会大白于天下。倒着看什么？看作品的发展脉络，也就是小说的结构，也就是作家的思路。天底下没有一样东西没有思路。大自然都有思路，科学家干的就是寻找这个思路。无论是理性的还是非理性的，它总有思路，哪怕你是普罗斯特，哪怕你是博尔赫斯，他也有他的思路。但思路和思路是有区别的，古典主义小说的思路具有线性，现代主义小说则放弃了线性。区别就在这里。在最高本质上，小说的思路只有一个，呈现人类在不同语境下的可能性和复杂性。相比较而言，思路的复杂性要高端一些，而思路的可能性则是基础。如果你写的小说在可能性上出了问题，那么，这篇小说就“不成立”。

相比较而言，《阿Q正传》的脉络并不复杂，甚至是简单的，大家都是有能力的读者，都可以把它的脉络捋清楚。但是，《阿Q正传》这部小说却不简单，它复杂在其他的地方。

阿Q和吴妈的关系就很复杂。这个复杂在脉络或字面上是看不出来的。

回到结构，整部《阿Q正传》，鲁迅采取的是圆形结构。阿Q处在圆心，在圆周上，有闲人、赵老太爷、王胡、假洋鬼子、小尼姑、小D、邹七嫂、吴妈等一干人等。我要说，写得特别好的一对关系，是阿Q和吴妈。

在整部小说里，阿Q和吴妈之间只发生了一件事，也就是阿Q想和吴妈“困觉”，说白了，就是阿Q想和吴妈发生性关系。即使是为了生孩子，那也还是性关系。既然是性关系，我们就必须面对一个生理常识了：

一个年轻的、健康的男人，他在什么前提之下渴望和女人发生性关系呢？进一步说，当一个男人已经决定和一个女人发生性关系的时候，他会产生什么样的条件反射呢？

性冲动，这是必然的。这是天下人都知道的一个生理常识。那么，鲁迅又是如何去描写阿Q的性冲动的呢？有趣的事情发生了，作为读者，我们看不到阿Q先生的冲动，相反，我们看到的是阿Q的礼仪，是阿Q给吴妈行大礼。我想说，在我读过的所有性描写当中，鲁迅对阿Q的性描写是最为诡异的那一个——只有身体，没有性，或者说，性是缺席的。如果我们仔细地阅读鲁迅对阿Q的心理描写，我们立即就知道，这里的性不只是缺席，它还是批判的对象。

这一段心理描写极其要紧，在摸了小尼姑的脑袋之后，阿Q的性欲望事实上已经启动了，可是，阿Q的性心理又有哪些具体的内容呢？喜感来了，是“男女之大防”，是“男女授受不亲”，一句话，是特殊的意识形态。这等于说，面对女人，阿Q一脚踩着油门，一脚却踩着刹车。

我们还记得阿Q临死前的一件事吗？对，他不会画押，也就是说，他连自己的名字都不会写。这说明了一件事，阿Q是一个文盲。那么，这个文盲有没有文化呢？有。太有了。阿Q很有文化，什么文化？儒文化，这是显性的。阿Q的心理，尤其是他的性心理，完全是按照儒家的那一套文化规范运行的。想想看，一个目不识丁的农民，他的性心理却自觉而严格地按照儒家文化的那一套文化机制在运行，这是多么地惊心动魄。——它就发生在阿Q的心里，已然成了阿Q的“自然文化”。这既是一个文盲内心的现实，更是一个民族历史的现实。

我们可以把这一段心理描写理解成鲁迅对本体文化的基本态度。还是把时光倒退到1921年吧，鲁迅对本体文化的基本态度具有强烈的现实性和针对性。在鲁迅的眼里，阿Q的“自然文化”也就是“本体文化”是畸形的、丑陋的、逆天理和反人类的。阿Q的“恋爱”不涉及情、不涉及爱、不涉及爱的表达、不涉及个性尊严，甚至不涉及性。它涉及的只是礼仪和荒谬，实在是令人无语。

鲁迅是直截了当的——御侮，必须从“新文化”开始，必须从“新人”开始。企图在阿Q这里寻找“方法论”，让阿Q去师夷和体用，统统没用。是的，一个连“困觉”都不会的人，你还能指望他什么？

鲁迅的御侮、鲁迅的启蒙、鲁迅的“白话”、鲁迅的“做起小说来”，都是和文化批判同步的，这也是鲁迅式的批判。这个批判来自小说最基本的技术——白描。具体地说，性描写，更具体地说，下跪。绝了。

附带说一句，在我的记忆里，最好的性描写有两处，排名第二的来自《你好，忧愁》，萨冈，这个17岁的少女，她说，性“像海水的船，简单极了”。排名第一的则是阿Q的这一跪。

五、杀人问题和精神本质

相对于阿Q被处决这个高潮，小说的中部有一个次高潮，也就是阿Q喝醉了，他在梦里头“造反”了。这是阿Q这一生当中最为酣畅的时刻，也可以说是他人生的巅峰。请注意，这一段并没有发生，是一个梦，是阿Q的意淫。它有点长，但是，大家耐心一点，我必须要给大家读一读：

“这时未庄的一伙鸟男女才好笑呢，跪下叫道：‘阿Q，饶命！’谁听他！第一个该死的是小D和赵太爷，还有秀才，还有假洋鬼子，……留几条吗？王胡本来还可留，但也不要了。……

“东西，……直走进去打开箱子来：元宝，洋钱，洋纱衫，……秀才娘子的一张宁式床先搬到土谷祠，此外便摆了钱家的桌椅，——或者也就用赵家的吧。自己是不动手的了，叫小D来搬，要搬得快，搬得不快打嘴巴。……

“赵司晨的妹子真丑。邹七嫂的女儿过几年再说。假洋鬼子的老婆会和没有辫子的男人睡觉，吓，不是好东西！秀才的老婆是眼胞上有疤的。……吴妈长久不见了，不知道在哪里，——可惜脚太大。”

这段文字激情四溢，在鲁迅的小说里，如此激情的文字并不多见。虽说是意淫，但是，这一段文字极其宝贵，怎么评价都不为过。无论以中国文学的眼光来看，还是以中国历史的眼光来看，这一段文字都具有经典的意义。从文学上说，它体现了鲁迅惊人的心理刻画能力；从史学上说，它体现了鲁迅惊人的历史概括能力，它涉及了中国农民关于造反的基本认知，也涉及了中国农民有关自我价值的终极憧憬。

这一段文字分作了三节，差不多可以看作农民造反的三大目的。我们从后往前说：1.造反就是占领性资源。2.造反就是占领物质资源。这两点可以归结为“想要什么就是什么”。3.造反就是随意杀人。这一点可以归结为“想干什么就干什么”。

有关“想要什么就是什么”，这个很好理解，我们不说它。我现在要和大家讨论的是“想干什么就干什么”，也就是杀人。

无论是造反前、造反中和造反后，有时候是需要杀人的，这个很好理解。必须要问的问题是，杀谁？回答则是现成的，杀敌人。

我们来盘点一下吧，来看看阿Q在“梦幻造反”当中都杀了什么人。小D、赵太爷、秀才、假洋鬼子、王胡，差不多是圆周的一半。在这五个人当中，赵太爷、秀才和假洋鬼子是“阶级敌人”，当然要杀。可是，阿Q第一个要杀和最后一个要杀的人，却是小D和王胡——他们都是“自己人”，阿Q为什么要杀他们呢？

说到这里我特别想聊一聊法国大革命。法国大革命有一个特色，革命者自己人杀自己人。可以说，这是自己人杀自己人的典型案例。众所周知，法国大革命是资产阶级的革命，它的目的是推翻路易皇帝。但是，有意思的是，这场革命的主体却是新兴资产阶级屠杀资产阶级。杀人的动机是什么？是洁癖。常识告诉我们，每一个参与革命的人的态度都是不一样的。在罗伯斯比尔看来，态度动摇的，要杀；不坚决的，要杀；不是很坚决的，要杀；不是最坚决的，要杀；动机不是最纯洁的，要杀。之后，罗伯斯比尔自己也被杀了。这场革命成了一个永无止境的杀人游戏。

就我的阅读范围来看，对法国大革命总结得最好的那个人是一个小说家，他就是26岁的加缪。加缪的《局外人》充分地揭示了法国式洁癖的荒谬性，虽然加缪的本意也许并不在这里。——莫尔索杀了人，法庭的庭审根本不关心莫尔索为什么杀人、怎么杀人、证据是什么、证人是谁。法庭一而再、再而三地只是证明了一件事：莫尔索在“精神上”是一个杀人犯。只要证明了莫尔索在“精神上”是一个杀人犯，“道义”就可以处死莫尔索。莫尔索在临死之前拒绝了神父，正是对这种“道义”的抗议。有学者把这样的“道义”概括为“罗伯斯比尔洁癖”。“罗伯斯比尔洁癖”有力地支撑了存在主义的理论基础：生存即荒谬，荒谬能杀人。

显然，阿Q杀自己人和法国式的洁癖没有任何关系。那么，他为什么要杀小D和王胡呢？鲁迅在小说里头并没有交代。如果《阿Q正传》是我写的，我想我也不会交代。为什么呢？因为“造反”的历史就是这样，借用《狂人日记》里的一句话说，那是“从来如此”的。这就是鲁迅的历史观：从来如此。根本就不用交代。鲁迅以他特有的冷静告诉我们，我们要想御侮，靠阿Q的“改朝换代”，一点意义都没有。

那么，透过阿Q的杀人，我们来看看，阿Q的基本诉求或精神本质究竟是什么呢？

在讲座的开头，也就是我讲“三无”的时候，我留下了一个问题，那就是“爷”和“孙子”的问题。这是一个大问题。在阿Q的“前史”里，他本来姓赵，用他自己的话说，他“先前比你们阔多了”，也就是说，他曾经是“爷”。到了小说的叙事时空，阿Q已经彻底沦为了一个“孙子”。阿Q的精神诉求究竟是什么呢？通过“造反”，重新做回他的“爷”。这是他造反的唯一动机，既不涉及人性尊严，也不涉及社会公正。

表面上看，阿Q最为痛恨的是不公正，可事实上，阿Q最痴迷的也正是不公正。对阿Q来说，天底下唯一的公正是这样的：我是爷，你是孙子；即使我暂时做了孙子，我在精神上也依然是爷，一旦有机会，我一定要做回去。做人上人，这就是阿Q的精神本质。

在《阿Q正传》的开头，我们就看到了“儿子打老子”这句话，我们会发笑。可是，等到阿Q在梦中“造反”的时候，我们回过头来看，“儿子打老子”这句话是多么地不可或缺。如果把“儿子打老子”换成“我操你妈”“你这狗娘养的”，《阿Q正传》依然是《阿Q正传》，但是，小说前后的统一性就没有这么瓷实了。我们一定要注意好作品内在的统一性。体育运动中有一个专业名词，叫合力。举个例子吧，我多次和专业的女乒乓球运动员打球，老实说，我的肌肉力量比那些女孩子强太多了，可是，奇怪的是，她们拉出来的弧圈却比我的更有力量。原因只有一个：她们的肌肉动作形成了合力。合力就是力量的统一性。合力或统一性会在作品的内部产生不可思议的共振，在作品的内部形成巨大的势能。

六、禁忌和封闭系统

谈完了阿Q的精神本质之后，我想我们有机会来谈一谈“精神胜利法”了。

1984年，林兴宅先生在《鲁迅研究》上发表了一篇论文——《论阿Q性格系统》，那一年我还是一个大二的学生。就阿Q的性格，林先生创造性地使用了一个关键词：系统。我想延续“系统”这个概念，说一点别的。

我们都知道，阿Q这个人有一个最大的性格特征，或者说特异功能，那就是“精神胜利法”。这是鲁迅先生对中国文学所做出的无与伦比的贡献。老实说，鲁迅的伟大是他完成了“精神胜利法”的命名，“精神胜利法”本身却没有什么可谈的，因为它并不复杂。真正复杂的是，作为作者，鲁迅是如何去“完成”这个性格特征的？他又是如何使这种性格特征得以确立的？

就写作这个角度来说，我以为，这个问题和“精神胜利法”本身同等重要。

我在前面说了，鲁迅写作《阿Q正传》所采用的是一个圆形结构，阿Q处在圆心，其他的人都在圆周上。如果我们仔细阅读这篇小说，我们很快就会发现，阿Q和圆周上的每一个人都是对立的。阿Q鄙视任何人，除了他自己。

大家都知道拉康有一个著名的理论，也就是镜像理论。这个理论阐述的其实是一个认知问题：一个人是如何认知自我的。在拉康看来，人类只有通过他人才能完成自我的认知。

所以，问题的关键就在这里：如何让阿Q失去“镜像”，失去自我认知的参照。

我们不能说鲁迅是在镜像理论的指导下去写作《阿Q正传》的。这个说不通。但是我要说，伟大的作家完全可以通过他的写作直觉去达成某个哲学命题。

鲁迅是这么做的——

第一，先确立阿Q的禁忌。这是一个关键点。何为禁忌？1.自身的短处或弱点；2.这个短处或弱点一点都容不得他人的指涉；3.但有指涉必遭反弹。鲁迅正是抓住了阿Q热衷于反弹或热衷于抗拒这个点，一步一步地描绘了阿Q不算复杂的人际。可以这样说，鲁迅塑造阿Q性格的过程，就是交代阿Q抗拒外部世界的过程。阿Q没有一个朋友，换句话说，阿Q没有任何对话的对象和可能。

第二，在失去对话的对象和可能这个基础上，阿Q完成了他的自我封闭。整部小说，鲁迅最终完成的其实是一个系统，也就是阿Q自我封闭的系统。这是“精神胜利法”的大前提。没有这个系统，完成“精神胜利法”这个性格特征就不可能做得到。

第三，从自我封闭这个系统出发，阿Q一步一步丧失了他的现实感，也就是说，阿Q一步一步地丧失了他的认知能力，这个认知能力自然包括两大板块:1.主体的认知能力；2.客体的认知能力。

第四，两大板块的彻底丧失，唯一剩下来的是什么呢？是癔态。是我“要什么就是什么”，我“喜欢谁就是谁”。这是疯狂的、变态的、病相的，一点都不涉及理性，一点都不涉及生存的基本秩序，一切都可以脱离实证，一切都不需要现实依据。这个癔态所包含的仅仅是做大爷的心理需求和心理满足。作为一个饱受凌辱的人，什么是阿Q的心理需求？什么最能满足阿Q？当然是胜利。

然而，从逻辑上说，胜利属于判断，是判断就涉及依据，它是实证的结果。阿Q则不需要那些。他的胜利只不过是他的“意愿”，他自己“宣布”一下就可以了。这就是“精神胜利法”。

我要说，封闭系统的确立，表示着“精神胜利法”的最终完成，表示着阿Q这一性格特征的确立。阿Q的一切“行状”，就是沿着封闭系统的内侧，注意，是内侧，是黑咕隆咚的内侧，从胜利走向胜利。

七、黑洞和愚昧

相对于《阿Q正传》这部小说而言，只是在外围完成了一个封闭系统是远远不够的，道理很简单，支撑小说的不是外围的系统，而是系统内部具体的内容。

我要说，鲁迅对封闭系统内部的描绘漂亮极了。在这个封闭系统里，阿Q做了许许多多的事情，鲁迅描绘了阿Q许许多多的行为。可是我想告诉你们，这一切都是一个表象。

在《阿Q正传》里，阿Q做过几天盗贼，但那是在副线上，行为也不多，毕竟他是一个小小的配角。到了主线，阿Q都做了些什么呢？不说不知道，一说吓一跳，他几乎就没有什么具体的行为。阿Q只是一个“精神的存在”，他的一切行为都被鲁迅抽空了。

事实上，在主线，阿Q总共做了三件事：1.恋爱；2.造反；3.被审判。那我们就来看一看鲁迅是如何描绘阿Q的这三个具体行为的。

我们先说恋爱。常识告诉我们，恋爱是两个人的事情。但是，在小说里，阿Q的恋爱仅仅是阿Q一个人的恋爱，他和吴妈并没有建构起任何关系。在阿Q对着吴妈跪下去之前，你去问吴妈她和阿Q之间会发生什么，吴妈一定什么都不知道。照理说，一个男人，他阿Q都要想和吴妈“困觉”了，他和那个女人之间总要发生一点现实关联吧，但是，就是没有。他们之间仅有的那点关系，也就是阿Q对吴妈行了大礼。如果说，阿Q在小说的主线上还有一点“有效动态”的话，就这个了。——所谓的恋爱，完全是阿Q在封闭系统里的“心理行为”。

再说造反。阿Q到底造反了没有？一丝一毫也没有。除了阿Q在酒后有了一段关于“造反”的梦寐，在现实层面，我们没有看到任何有关阿Q造反的具体内容。他所拥有的只是念头，也就是去寻找假洋鬼子，但是，正如我前面所说的，阿Q和这个世界并没有建立起对话关系，换句话说，阿Q和假洋鬼子之间就不可能构成对话关系，再换句话说，阿Q和造反之间也根本不可能有实质性的关联。在第九章，鲁迅对阿Q被捕的描写简直是妙不可言，阿Q为什么会被捕呢？没有人知道。阿Q自己说，“因为我想造反”。请注意，这是阿Q他自己说的。——所谓的造反，仅仅是阿Q在封闭系统里再一次的“心理行为”。

最后我们再来看阿Q的被审判。这一章可以说出神入化。从表面上看，所谓的审判是审判人与阿Q之间的一问一答，可是，只要我们仔细地阅读一下，马上就发现了，所谓的一问一答完全是驴头不对马嘴，阿Q的每一句回答都只是阿Q的一厢情愿，他和审判人之间从来就没有构成真正的有效逻辑，这次对话完全是错位的。但是，最大的不幸终于出现了，这种错位，或者说驴头不对马嘴，最终对应的却是法律。可以这样说，是阿Q自己把自己给“说”死的，这里头有极为精彩的戏剧冲突。我想强调一下，如果审判之后相关人员好好地去取证，阿Q绝对死不了。这里头既有鲁迅对法律草菅人命的控诉，也有鲁迅对阿Q“一厢情愿”的讥讽，很复杂的。这一段文字充满了喜感，却更悲凉。这是审判人与阿Q的对话，也是悲和喜的对话，也是生和死的对话，更是现实世界和封闭系统的对话。所谓的审判，完全是阿Q在这个封闭系统里又一次的“心理行为”。

在整部《阿Q正传》当中，阿Q活灵活现的，到处都是他的行为，都有点闹腾了，可是，都是表象。如果我们尊重文本，我们就必须承认，阿Q的“有效行为”微乎其微，少得不能再少了。让一个没什么具体行为的人物生动起来、确立起来，这个太难写了。作为一个小说人物，阿Q的一切都始于心机，一切又都止于心机，他就是一个黑洞，是空的。简言之，他这一辈子其实是白活了，和没有并没有什么两样。所以啊，阿Q在临死之前是必须要画那个圈的。这是一个深不见底的枯井，更是一个巨大的隐喻。

就这么一个黑洞而言，我想说，《阿Q正传》这部小说的写作难度远远超出了我们的预估。作为一个写小说的人，我只能叹服，鲁迅写小说的能力无与伦比。别忘了，这一切都是在“写实”的名义之下完成的。说到这里我想大家已经明白了，鲁迅从来都不是一个现实主义作家，从写小说的第一天起，他就是一个现代主义作家。多种不同的文学史书上都说鲁迅是“伟大的现实主义作家”，我完全不能同意。我当然也不指望别人来同意我。有一组概念我们是绝对不能混淆的，鲁迅所拥有的是“写实能力”，鲁迅所拥有的是“现实精神”，鲁迅所拥有的是“现实情怀”，但是，就小说美学的范畴而言，他真的不是“现实主义”作家。

利用最后的时间我再来说一件小事，那就是阿Q的愚蠢。不少学者认为，阿Q是愚蠢的，我一点也不同意。阿Q可不愚蠢。如果我们仔细研读《阿Q正传》，很快就会发现，阿Q不仅不愚蠢，相反，他偏于精明。为了塑造好阿Q这个人物形象，鲁迅用得最多的手法正是心理描写。这一点大家一定要多留意。阿Q的心很深，他很能盘算的。祥林嫂是既愚昧也愚蠢，阿Q是只愚昧不愚蠢。愚蠢的人愚昧，精明的人也愚昧，这是鲁迅要告诉我们的——愚昧不除，御侮就不易。

《阿Q正传》很不好讲，老实说，我的能力真的不够，一点感受而已。好在有能力讲这篇小说的老师很多，你们就拿我的演讲当作一点补充吧。一家之言，谬误之处敬请老师和同学们指正。

2016年11月10日于南京大学

编后记

虞金星

编辑“副刊文丛”版《阿Q正传》的过程，也是读三篇《阿Q正传》的过程——文学史上的名篇《阿Q正传》，《晨报副刊》版面上的连载小说《阿Q正传》，漫画家丁聪的插画《阿Q正传》。

我的副刊前辈、“副刊文丛”的主编李辉先生在说明编选文丛的思路时，设想的脉络是要上溯到五四新文学时期。在这个“起点”处，李辉先生选中的正是鲁迅先生的《阿Q正传》。这个选择，于我心有戚戚焉。其实文学史上的《阿Q正传》已经不用多说了。如果把塑造人物视作文学成功的重要标志，那“阿Q”早已是现代文学史中最成功的那部分无疑——它是最为阅读者所熟知的文学人物之一，其影响力也早已扩展到文学之外。解读《阿Q正传》与“阿Q”的长短论，已数不胜数。不过，专门从副刊的角度来看，却依然存有特别的意味。

对《阿Q正传》来说，副刊是个不可忽视的场景。对副刊来说，《阿Q正传》同样是它不可忽视的成果。

先得说到《晨报副镌》（后更名为《晨报副刊》）。《阿Q正传》1921年末、1922年初在北京的《晨报副镌》上连载，作者署名巴人。要充分地体会《阿Q正传》，就不能脱离“副刊”这个场景。这篇作品的作者署名、文风、分章方式等，都和这个场景有直接关系。

正如鲁迅先生在《〈阿Q正传〉的成因》里自述，并为后来的我们所熟悉的，这篇文章出自《晨报副镌》编辑孙伏园为《开心话》栏目的约稿。这样，我们至少可以更好地理解两件事：一是鲁迅先生为何在这篇小说中用了取自“下里巴人”的“巴人”这个笔名。二是他为什么要以“传”这样的面目加一“正”字来写阿Q这么一个玩笑似的人物。

这一版的《阿Q正传》中，我把通常的第一章“序”按照《晨报副镌》当年刊发时的原样，校改为“这一章算是序”。这处“复原”，正是觉得“这一章算是序”的文风，比单字“序”更合乎最初为《开心话》这一副刊栏目而作的本意。当然，从第二章开始，编辑或许正是从稿子里看出作者的风格开始溢出这个栏目，“不得不”把小说挪到了另外的栏目里。

在小说领域，鲁迅先生以短篇名世，但《阿Q正传》常被后人归类为中篇小说，这篇幅上的“溢出”，从《晨报副镌》分章连载这个形式上，也能找到线索。按鲁迅先生在《〈阿Q正传〉的成因》所说，这篇小说本来会更短，或者更长。更短，是因为“大约做了两个月”，“实在很想收束了”，但因为很难通过编辑孙伏园那关，只好将“大团圆”的章节放在心里。更长，则是因为“到最末的一章，伏园倘在，也许会压下，而要求放阿Q多活几星期的吧”。

写到这里，不由得想起鲁迅先生对我们的副刊前辈孙伏园先生的描述了：“伏园虽然还没有现在这样胖，但已经笑嘻嘻，善于催稿了。每星期来一回，一有机会，就是：‘先生，《阿Q正传》……明天要付排了。’于是只得做，心里想着：‘俗语说：“讨饭怕狗咬，秀才怕岁考。”我既非秀才，又要周考，真是为难……’然而终于又是一章。”

作为副刊编辑，真是既佩服孙伏园先生的催稿“功力”，又羡慕他有这样虽然心里“为难”却“终于又是一章”、一不小心就在副刊上连载出一部经典的好作者。《晨报副镌》之所以被视为“五四”时期最著名的副刊之一，孙伏园先生功不可没。对于研究《晨报副镌》乃至整个副刊史的人来说，他也是绕不开的人物。

同为北漂京城的副刊编辑，我偶尔想象，九十多年前我的两位同样“北漂”的同乡前辈，在这个城市的哪个院落里，以我熟悉的绍兴话催稿、拖稿、交稿。不觉就把这近百年的光阴拉近了许多。

还有必要专门说说丁聪先生的插画《阿Q正传》。把这组插画放到《阿Q正传》中间的相应位置里，一是有助于读者阅读，二是从副刊的角度来说，它也是副刊的作品之一，正好完成了这一组副刊的“拼图”。这组插画，是20世纪40年代丁聪先生应当时主编《华西晚报》文艺副刊的陈白尘之请画的。这组插画，被认为是鲁迅作品相关插画的经典之作。本书选取的，是李辉先生保存的1956年北京朝花美术出版社重印的版本。丁聪先生曾为这次重印出版作序，详述原委，兹录于此：

> 1943年秋天，我和一些干话剧的朋友寄住在成都华西晚报馆里。报馆请陈白尘同志编一版文艺性的副刊。他约我画一套连载的图画。反正闲着也是闲着，我创作了这套“阿Q正传插画”。

至于我为什么要选鲁迅先生的这篇小说来画，以及我的创作意图之类的等道理，现在回忆起来很简单，就是：我喜欢这篇小说，我很愿意画它，而且也有着画它的时间，尽管我对阿Q的理解、认识还很肤浅。既然动了笔，就得画下去，因为报纸每天要登一幅，不能中断。

当时报纸的条件是够可怜的。纸张是又薄、又松、又黄的土纸，不要说有网纹的铜图，有时连铅字都印不清楚。制锌版价钱很贵，不敢存此奢望。要登美术作品只有木刻，因为人工最便宜！因此这套画我是画在小幅的薄纸上，由成都有名的老刻工胥叔平先生把画贴在木板上，用他使惯了的我国传统刻木用的平刀，刻在木板上的。画面上我用的直线条特多，主要是为了照顾刻工方便。

1944年这套画在重庆初次出版时，茅盾先生为它写了一篇序言，指出了这套画最主要的毛病在于没有画阿Q（没有把阿Q的性格刻画出来）。他鼓励我在将来制版条件改善时重新画一次。当然今天看来，其他的缺点和问题也还有不少，如关于场面的选择、线条构图的民族风格问题等。

可是到了十多年后的今天，在纪念鲁迅先生逝世二十周年的前夕，我还没有重新画它。今天重印这套画，对我的创作生命来说是将一军，是鞭策。至于出版社要印这套画的理由，我想只能是：在插图艺术还没有被足够重视的今天，像鲁迅先生这样辉煌的作品还没有比较像样的插图去配它的今天，拿这套不十分像样的东西来刺激一下插图艺术创作，起个“抛砖引玉”的作用罢了。

这版《阿Q正传》参考了人民文学出版社的《鲁迅全集》等资料，还努力搜罗了鲁迅先生本人涉及《阿Q正传》的叙述篇章，某些不足以独立成篇的，也在编者注中略加说明，希望能对读者了解《阿Q正传》有所助益。这里，尤为感谢毕飞宇先生，慨允本书收入他在大学讲堂解读《阿Q正传》的长文。作为小说家，他曾两次获鲁迅文学奖。在这篇解读文章中，他充分发挥一个当代小说家的经验与敏锐，发挥小说家之间可能跨越时间的默契，细读前辈小说家的杰作，精彩地打开了重新进入《阿Q正传》的另一扇门。由获鲁迅文学奖的小说家来解读鲁迅先生的小说，实在也称得上是另一种奇妙的“光阴的故事”了。我想，读完这篇解读，很多读者可能会和我有一样的感叹：跨过门，原来有一个远比我们想象的宏阔丰富的世界；杰作又何以称杰作。

副刊里的《阿Q正传》——想来想去，这或许是比较适合总结这次选编的标题吧。但又似乎不仅止于此。

2017年10月于北京

精品栏目荟萃

《副刊面面观》

《心香一瓣》

《纽约客闲话精选集　一》

《多味斋》

《文艺地图之一城风月向来人》

《书评面面观》

《上海的时光容器》

《谈艺录》

《问学录》

《名人之后》

《纽约客闲话精选集　二》

《编辑丛谈》

《本命年笔谈》

《国宝华光》

《半日闲谭》

《云泥鸿爪一枝痕》

个人作品精选

《踏歌行》

《家园与乡愁》

《我画文人肖像》

《茶事一年间》

《好在共一城风雨》

《从第一槌开始》

《碰上的缘分》

《抓在手里的阳光》

《阿 Q 正传》

《风吹书香》

《书犹如此》

《泥手赠来》

《住在凉山上》

《老解观象》

《犄角旮旯天津卫》

《歌剧幕后的故事》

《色香味居梦影录》

《走读生》

《回家》

《武艺十八般》

《一味斋书话》

《收藏是一种记忆》